AN[illegible]

PITIÉ

Notes sur une ville

roman

Traduit de l'anglais
par Laurent Trèves

BERNARD GRASSET
PARIS

L'édition originale de cet ouvrage a été publiée en 2024
par Canongate, sous le titre :

PITY

Jaquette: © Gray318/Canon Gate.

ISBN 978-2-246-83259-1

Pour Margaret Goldthorpe
1928-2023

écroulé au sol
encore
pourquoi ne puis-je m'arrêter
de m'écrouler au sol ?

Alan JACKSON

C'est ici notre place,
Nous qui avons hérité
De la paroisse des morts –

Peter SCUPHAM

— atteindrai-je un jour la clarté,
au fond de ces eaux boueuses.

Denise RILEY

Les voilages se sont soulevés comme une jupe quand Alex a passé la tête pour scruter la rue, déjà plongée dans l'obscurité. Le magazine, jeté sur le canapé, s'est ouvert en son milieu ; une tente qui s'écroule doucement. La rue et la pièce étaient calmes.

La main d'Alex tremblait légèrement en s'approchant du numéro de *Rustler*. Il l'a ramené vers lui en saisissant une page intérieure, révélant une photo de femme. Sa première pensée a été que sa mère avait les mêmes cheveux qu'elle.

Alors qu'il tournait les pages les unes après les autres dans l'espoir d'effacer cette image de son esprit, il tombait sans cesse sur d'autres femmes : parfois elles étaient en soutien-gorge, parfois non, parfois elles étaient blond platine avec des racines noires, parfois elles avaient les jambes écartées.

Certaines semblaient fixer Alex, mais peut-être regardaient-elles les rideaux et les maisons derrière lui. Sur l'une des pages, il y avait un couple qui, aux yeux d'Alex, était en train de se percuter, comme deux enfants qui se bagarrent au parc. On dirait une bande dessinée, avait-il pensé ; les cases successives montraient la femme qui perdait ses vêtements, puis c'était au tour de l'homme, puis finalement, dans la dernière en bas à droite, Alex a vu, pour la toute première fois, le corps féminin.

Il s'est penché en avant, comme s'il craignait que l'image ne s'estompe. Il s'est souvenu que le garçon qui lui avait passé le magazine à l'école lui avait dit que ce genre de photos était *vraiment son truc*. Alex avait acquiescé, sans trop comprendre ce que le garçon voulait dire par là, mais certain qu'il devait bien y avoir un rapport avec l'étrange poids qu'il avait ressenti à l'estomac en voyant le pantalon de l'homme lui tomber aux chevilles, pendant que la femme se penchait sur le bureau. Dans un coin de la pièce, la télé était allumée ; un homme en costard acquiesçait de la tête face à la caméra, on entendait le générique du bulletin local en fond, puis un journaliste au visage grave est apparu devant une boîte de nuit qu'Alex a cru reconnaître en levant les yeux. Il a entendu les mots *survivants*, *urgences*, mais il est quand même allé l'éteindre : il ne voulait pas se sentir regardé.

De retour sur le canapé, Alex a déboutonné son pantalon pour le baisser sous les fesses. Il ne savait pas quoi faire après. Il a remarqué que, dans l'une des cases, l'homme faisait quelque chose avec sa main pendant qu'il regardait la femme. Il avait déjà vu les garçons de sa classe mimer le même geste quand ils se criaient dessus en EPS. Tout ce qu'Alex est parvenu à faire, sur le moment, ça a été de la tenir.

Il a glissé sa main libre dans son caleçon, puis il l'a enserrée dans sa paume, comme il le faisait parfois au moment de s'endormir. Il avait l'impression de sentir son cœur battre là en bas.

La femme était plus poilue qu'il ne l'aurait imaginé. L'homme aussi : son torse et son ventre étaient recouverts d'un épais tapis. De profil, on ne distinguait pas ses côtes, mais il n'était pas gros non plus. Alex avait l'impression que cet homme avait un vrai corps d'adulte, qui rendait clairement toutes les femmes folles de lui. C'est ce genre de corps qu'il aurait en vieillissant, s'est-il dit.

Alex n'a pas entendu son frère approcher et se placer juste à côté de sa tête ; il a alors senti une main lui claquer violemment l'oreille.

Alex a bondi et a directement retiré la sienne de son caleçon, tout en balançant l'homme, la femme et le reste du magazine sur le tapis.

« Qu'est-ce que tu fous, espèce de gros pervers ? Maman va bientôt rentrer. » Sur cette dernière remarque, la voix de Brian semblait plus hésitante ; ils n'avaient pas l'habitude de se retrouver seuls à la maison si tard, d'autant que, quand elle s'était dépêchée de sortir un peu plus tôt dans la soirée, récupérant son manteau presque après coup, elle leur avait dit qu'ils pouvaient manger des frites s'ils voulaient, qu'il y avait un peu d'argent dans le tiroir, et qu'ils ne devaient ouvrir à personne.

« Espèce de petit pervers », lui a répété Brian.

Alex s'est mis à lui raconter pour Tommy, le garçon de sa classe qui lui avait montré le magazine en lui disant qu'il pouvait le prendre chez lui, il ne faisait que regarder pour voir à quoi ça ressemblait, et peut-être pour se changer un peu les idées, enfin tu vois. Brian l'a interrompu en plein milieu de sa phrase.

« Elle est pas mal, hein ? » a-t-il affirmé en prenant le magazine. Vu le ton de Brian, c'était comme si la question n'attendait pas de réponse.

Il est venu le rejoindre sur le canapé, s'asseyant plus près que prévu ; le magazine, ramassé désormais, était ouvert sur leurs genoux. Brian a continué de lui poser des questions et de lui montrer certaines photos, tout en utilisant des mots que, jusque-là, Alex n'avait jamais entendus dans la bouche de son frère.

Brian étant plus âgé, il était un peu plus grand et sa voix plus grave, ce qui obligeait Alex à lever la tête pour voir l'expression sur le visage de son frère à mesure qu'il tournait les pages. Il avait l'air profondément concentré.

Après quelques minutes à attendre que sa fréquence cardiaque revienne à la normale, Alex a remis la main au chaud entre ses cuisses pour se tenir. Brian en a fait de même, tout en cherchant la position idéale sur le canapé.

Ils sont restés assis de la sorte pendant une éternité, pour Alex en tout cas. L'un tournait une page, puis c'était au tour de l'autre, chacun pointant du doigt, en silence, ce qui lui semblait intéressant. Au bout d'un moment, sans qu'Alex puisse dire quand avec certitude, Brian s'est rapproché pour poser le bras sur l'épaule de son petit frère, comme quand il marquait le but de la victoire lors des matchs du week-end, sur le terrain près de chez eux.

Il sort et pénètre dans le long couloir de l'aube naissante ; la rue s'étend en contrebas, lui indiquant sa destination. Nous sommes lundi, mais le week-end persiste dans son esprit, comme une barbe qui repousse après le rasage. Au-dessus, le ciel n'est qu'une lourde masse de nuages, alors que trois maisons plus bas, Pat vient de refermer la porte de chez lui. Encore quelques portes plus loin, il y aura Harry, puis Frank, et quand ils tourneront tous ensemble à l'angle, Skip aura déjà pris de l'avance sur eux. Alors chacun envisagera pendant un court instant de lui courir après, avant de se raviser. Personne ne parle ; ils saluent de la tête ceux qui les rejoignent, puis continuent leur route. De plus en plus d'hommes sortent de chez eux en tombant comme des dominos, le visage bientôt noirci. Quelqu'un siffle ; un autre tousse. Parfois, certains s'arrêtent pour s'adosser un instant au muret d'un jardin, prétextant une vérification de leur boîte à repas ou l'envie de profiter encore un peu de leur roulée, dont ils recrachent la fumée dans l'air froid par brèves bouffées. Personne ne les attend, ils continuent de marcher, c'est tout. Ils portent sur les épaules un village encore endormi, indifférent aux migrations de ces corps épuisés. Un jour, l'un des hommes dit qu'il entendait le cliquetis du charbon. Un autre lui répondit d'arrêter de raconter n'importe quoi. Et sous leurs pieds, à un kilomètre, l'histoire ; prête à se faire réduire en morceaux avant extraction.

Surveillance : caméras

Le chef de la sécurité aimait rappeler fièrement qu'il avait placé deux paires d'yeux sur chaque mur. De sa position, Ryan voyait tous ces yeux face à lui : une myriade d'écrans aux images vacillantes, le bruit de l'électricité statique fort comme la pluie contre une centaine de petites fenêtres.

Les mots aiguisés prononcés par Simon la veille au soir le transperçaient encore, même une fois assis ; surtout parce qu'il avait l'air de les avoir répétés avant de les lui balancer à la figure, alors que Ryan s'apprêtait à partir : « Si tu viens pas au spectacle, pas la peine de revenir. »

Techniquement, Ryan n'était censé regarder les images des caméras de surveillance que pour aider à rédiger des rapports d'incident, mais il irait vite, et personne ne viendrait vérifier. Il savait passer rapidement d'une chose à l'autre.

Les bandes s'effaçaient automatiquement après trente et un jours, sauf si la police demandait à conserver les traces d'un événement en particulier en vue d'une enquête plus poussée. Ce qui voulait dire que le moment où il avait vu Simon pour la première fois s'apprêtait à disparaître, à être reléguée aux oubliettes de l'histoire. Ils s'étaient envoyé quelques messages sur Grindr. À un moment, Simon avait proposé de passer au centre commercial pour tenter de le voir en coup de vent. Et pourtant, au moment où Ryan l'avait repéré sur les écrans, il n'avait pas réussi à y croire : il était là, soudain en trois dimensions, après tout ce temps passé face à une image plate sur son écran, comme un rêve devenu réalité.

La Caméra 4, placée juste à l'entrée du grand TK Maxx, était orientée de sorte à faire face à toute l'allée de magasins, et Ryan savait exactement à quelles heure et minute revenir pour se repasser la séquence où il avait aperçu Simon pour la première fois, la démarche rapide, des sacs plastique de chez Boots à la main, un cordon jaune qui rebondissait contre son torse.

Ryan a zoomé sur le contenu de son sac pour mieux voir le relief de ce qu'il avait acheté : le poids d'une canette de soda tout au fond, les contours d'un sandwich emballé dans du film plastique.

Ryan connaissait la séquence par cœur. La Caméra 5, située au-dessus des toilettes, suit Simon qui repasse au centre. Il jette un coup d'œil de côté, puis s'arrête, avant de s'adosser contre le mur composé à moitié de carreaux, à moitié de plâtre craquelé. Il passe presque hors champ mais, en baissant la tête pour regarder son portable, le haut de son crâne rasé revient à l'écran. Il relève la tête. Puis la rebaisse.

Quand Ryan a lancé la Caméra 7, placée juste au-dessus du magasin de cigarettes électroniques, il a vu son propre dos, sa veste de costume noire sur les épaules, et il s'est regardé lui-même en train d'observer les bancs et le grand vide qui s'étendait derrière eux. De temps en temps, il tourne la tête à droite ou à gauche, mais il se contente surtout de rester là, le regard fixé droit devant.

Sur la Caméra 5, Simon relève les yeux, un peu plus longtemps cette fois. Son visage apparaît flou, mais l'arrangement des pixels laisse deviner un léger sourire. Puis la tête se baisse de nouveau, le sac posé entre ses baskets blanches, les poignées, blanches elles aussi, flasques comme une plante d'intérieur mal arrosée. Deux doigts qui tapent sur l'écran. La tête penchée sur le téléphone, puis relevée d'un seul coup, pendant que le pouce appuie sur l'écran, puis baissée de nouveau. Un autre sourire pixelisé, puis Simon récupère son sac et s'en va, ce qui le fait sortir du champ de la Caméra 5.

La Caméra 12 le montre passer par une sortie latérale pour rejoindre la rue principale. Le sac qui rebondit contre sa cuisse. Le cordon qui se balance contre son torse.

Ryan a alors arrêté le visionnage. Il s'apprêtait à prendre son téléphone, mais s'est interrompu, surpris de contempler le théâtre familier de son visage reflété sur l'écran vierge face à lui.

Pour être prêt il devait se perdre, et ensuite devenir quelqu'un d'autre. C'est comme ça qu'il avait décrit le processus à Ryan lors de leur premier rendez-vous ; Ryan avait fait de son mieux pour acquiescer tout du long, mais Simon avait bien senti qu'il ne saisissait pas vraiment. Ce qui pouvait se comprendre, s'était-il dit. Pour Ryan, on se cachait après s'être enfui, après s'être couvert la tête dans une écharpe, avoir rempli ses poches de tout ce qu'on arrivait à prendre, puis quitté la boutique en courant dans l'espoir d'en revendre une partie plus tard. Ryan cernait bien le principe du déguisement, mais chercher à se cacher, se perdre dans quelque chose d'ultravisible, c'était différent ; la façon dont on pouvait recouvrir la surface d'une fine couche et, par ce même geste délicat, mieux comprendre ce qui se trouvait en dessous.

L'appartement était neuf quand Simon y avait emménagé. Construit sur le parking de l'ancienne station-service qui faisait face au terrain de football, c'est là qu'ils laissaient la voiture les jours où son père l'emmenait voir les matchs quand il était plus petit ; mais cet espace était désormais occupé par une étroite bande de pavillons, et Simon se mettait au balcon un samedi sur deux pour insulter les supporters qui, venus voir le match, se garaient sur sa place, même s'il n'avait pas de voiture.

Dans sa chambre, Simon étalait les affaires qu'il avait trouvées pour le spectacle de samedi : une nouvelle perruque, un costume deux-pièces, et un collier de perles en plastique.

Il jetait constamment des coups d'œil à son portable, sans que l'écran n'affiche jamais rien.

Il savait bien que le plus simple serait juste d'enfiler un pantalon à paillettes, mettre sa grosse perruque et chanter quelques classiques comme

River Deep ou *Proud Mary*, alors il arriverait peut-être à les faire se lever pour danser sur *Born to Hand Jive*. Ce serait un moment de plaisir inoffensif. L'idée qu'un homme hétéro se fait d'un numéro de drag queen. Pour un premier spectacle dans ce club, une mise à l'essai accordée par Trip, ce serait sans doute beaucoup plus sûr.

Mais Simon sentait qu'il ferait mieux d'avoir quelque chose à dire, quelque chose qu'il ne pouvait pas dire d'habitude, quand il devait penser à gagner de l'argent et conserver son job régulier à Sheffield, où il travaillait certains soirs. Il ne voulait pas se contenter de ce que son père, Brian ou Trip s'attendaient à ce qu'il fasse ; il voulait les surprendre.

Il avait sorti son carnet de croquis, où il avait dessiné trois tenues. Il raconterait l'histoire de la grève, et il terminerait en chantant *Ding Dong ! The Witch is Dead*, comme il avait vu les gens le faire aux infos à l'annonce de la mort de Thatcher. Il créerait une playlist avec les chansons qu'il voulait, et demanderait à Trip de la lancer au bon moment, pour faire du playback tout du long.

Il avait commencé la liste des chansons. Il n'était pas allé très loin, même s'il ne lui restait que quelques jours, mais il y en avait une que certaines personnes chantaient dans des reportages sur la grève, pendant les rares moments d'accalmie, quand ils n'étaient pas en train de brûler des effigies de *Maggie Maggie Maggie*. Il n'avait réussi à comprendre que les premiers vers :

We are women
we are strong
we are fighting
for our lives
side by side
with our men
who work the nation's mines

et puis un dernier cri de victoire, qui semblait noyé sous les clameurs et les applaudissements à chaque fois

and it's here we go here we go
for the women of the working class

Il s'était dit que certains dans la salle l'avaient certainement chantée à l'époque, même si lui n'avait découvert la chanson que quelques nuits plus tôt. Il s'imaginait parfaitement la scène à présent : il serait en train de faire du playback, accompagné par le public, et peut-être même que certains fondraient en larmes, qu'ils prendraient leur verre pour taper en rythme sur la table en se souvenant de leur jeunesse, quand ils chantaient cette chanson, ou que leur femme, leur sœur, leur mère chantaient cette chanson, debout en ligne, comme une chorale dans le froid glacial.

Il avait commencé à se déhancher dans la chambre. Le haut-parleur du terrain de foot effectuait des tests pour son message d'évacuation avant le derby du week-end.

Ils seraient tous en train d'applaudir en cadence, absolument tous, et peut-être que certains seraient heureux avant même le début si Barnsley avait gagné ; Trip serait au bar, il y aurait son père et Brian, et puis tous les habitués.

and it's here we go here we go

il serait en playback

for the women of the working class

il ouvrirait alors la bouche et il bougerait les lèvres comme s'il luttait pour atteindre la dernière note, puis il baisserait la main qu'il avait serrée en poing au-dessus de la tête, et peut-être que certains se tiendraient alors debout, peut-être qu'ils frapperaient du pied tellement fort que le bruit de la circulation en serait étouffé. Il poserait ensuite la main sur la hanche, il arracherait sa tenue d'un coup de scratch pour se retrouver en collants noirs, troués, avec un justaucorps d'un vert gazon, avant de soulever le reste au-dessus de la tête pour révéler un débardeur avec écrit *Maggie*, une seule fois, en lettres capitales, puis il mettrait un chapeau pointu, et il serait Elle, revenue sous forme de sorcière, et alors il ferait signe à Trip de lancer la chanson suivante.

La voix dans le haut-parleur était en train d'appeler *Monsieur Sands*, lui indiquant de *se rendre au Bureau de la Sécurité*.

Simon dansait en silence dans sa chambre.

Notes de terrain : gloire

Les deux plus grandes victoires de l'équipe de football de la ville sont les suivantes : en 1912, l'année où le *Titanic* a coulé et qu'elle a remporté la FA Cup, et à la fin de la saison 1996/97, quand elle a été promue en Première Ligue, où elle s'est maintenue une saison. L'un des membres de notre équipe de recherche a visionné plusieurs enregistrements des matchs datant de cette dernière période : certains extraits étaient diffusés dans *Match of the Day*, une émission qui résumait les meilleurs moments de la semaine, et où, sauf quand une équipe du « top six » jouait, les plus belles actions de l'équipe locale étaient systématiquement montrées dans la séquence d'introduction, et le match lui-même discuté en dernier, juste avant la fin ; d'autres matchs étaient retransmis à partir d'enregistrements du direct.

Il a été remarqué que l'une des phrases qui revenaient fréquemment, bien que sous des formulations légèrement différentes, était « ils (l'autre équipe) devraient réussir beaucoup mieux que ça face à ce genre d'équipe ». Elle était prononcée par des commentateurs, des experts ou des entraîneurs à l'issue d'un match nul ou d'une défaite. Nous avons étudié le fait que cela pourrait à la fois refléter la force perçue de l'équipe (financièrement et physiquement plus faible que beaucoup d'autres), mais aussi celle de la ville elle-même ; les quatre meilleures équipes cette année-là étaient deux clubs de Londres, Arsenal et Chelsea, et deux situés parmi les principaux bassins de population du Nord, Manchester et Liverpool. Le vainqueur du championnat cette saison-là, Arsenal, venait d'un centre de population plus de soixante-quinze fois supérieur à celui de notre ville. « On devrait réussir beaucoup mieux que ça face à ce genre de ville. »

Un autre membre de notre équipe a effectué des recherches sur un incident qui ne semble pas avoir laissé de traces dans la mémoire nationale, et qui n'a été que très peu, voire pas mentionné dans les archives locales. Un samedi du début de l'année 1908, seize enfants sont morts et au moins quarante ont été gravement blessés lors d'un spectacle jeune public dans l'auditorium désormais appelé The Civic, où la foule était telle que certains enfants se sont fait écraser contre la rambarde du premier étage.

Afin de réduire la pression exercée par les corps, le personnel a encouragé les plus jeunes à rejoindre le rez-de-chaussée par les escaliers mais, ceux-ci étant étroits, dans la panique et l'empressement les gens sont tombés et se sont fait écraser sous le poids des enfants affolés. Il existe des documents qui prouvent que des journaux du monde entier ont publié des articles sur cette histoire, en y intégrant des détails explicites sur les blessures et les morts. Nous nous demandons pourquoi certains lieux ne sont évoqués dans la presse nationale ou internationale que pour des raisons tragiques ou violentes. Quelles doivent-être les conséquences sur la perception du lieu en question, et sur la perception que les habitants ont de l'endroit où ils vivent ? L'un des membres de notre équipe dresse un parallèle plutôt pertinent avec la notion d'« école en échec », pour reprendre l'expression des inspecteurs régionaux de l'Office for Standards in Education. Il s'agit souvent de prophéties autoréalisatrices : une école doit d'abord s'identifier elle-même comme étant en échec, ou du moins accepter ce terme qui lui est imposé de l'extérieur, afin de pouvoir prétendre à davantage de financements et d'aides pour ses élèves. Ces derniers sont alors stigmatisés, on considère qu'ils ont fréquenté une école inférieure ou qu'ils viennent eux-mêmes de zones défavorisées. Leurs réussites, comme celles de l'équipe de football locale, sont toujours « inattendues » ; bien sûr, les tragédies et la violence que la ville subit font les gros titres de la presse internationale, contrairement à ses succès.

Comme un rond-point au milieu d'une route abandonnée, le club était resté le même, alors que tout autour, les choses avaient changé. Le pub était devenu une église. Les maisons étaient devenues des ensembles d'appartements. L'épicerie était devenue un salon de coiffure puis un bar à ongles puis un café à cigarettes électroniques. Presque chaque mois, s'était dit Brian, une autre couche de la rue était retirée, révélant une nouveauté cachée en deçà.

Il s'était demandé plusieurs fois à quoi tout cela servait, mais ne saisissait toujours pas. Le prospectus qu'il avait ramassé au club quelques semaines auparavant évoquait une « semaine dédiée à la mémoire », autour de « trois sessions amusantes et interactives » ; il y aurait à boire et à manger, c'était écrit en gras et souligné. Et pourtant, maintenant qu'il était là, il ne comprenait pas pourquoi il avait accepté de venir écouter, ni pourquoi il était venu tout court, quel était le rapport avec le club de Trip, ni même celui avec cette femme si patiente qu'il avait déjà vue poser pour des photos devant la banque alimentaire du centre-ville où elle était bénévole.

Il avait reposé la question, mais n'avait toujours pas bien compris la réponse. Ils répétaient simplement qu'ils étaient un groupe de chercheurs et d'universitaires. Que le cinquantième anniversaire de la catastrophe les avait décidés à proposer une « intervention discursive d'une semaine dans le but d'explorer l'histoire et l'héritage de ce traumatisme social ». Qu'ils « n'attendaient aucun résultat spécifique, souhaitaient simplement voir ce qui s'était passé et noter leurs propres réflexions et hypothèses au fur et à mesure ».

Brian se souvenait de l'événement, il l'avait vu à la télé, aux infos le jour en question.

Ils lui avaient demandé de leur parler de l'endroit où ils étaient assis en ce moment, du club, mais aussi de la ville, de ce qu'il y avait fait, de là où il travaillait. Leurs questions ressemblaient trop à celles des conseillers du Job Centre, il s'était alors contenté de marmonner quelques phrases au sujet de la mine, de la grève, puis il s'était tu à nouveau, raclant machinalement ses semelles sur le sol.

Parmi les autres hommes présents, deux ou trois avaient accepté d'en dire un peu plus ; il savait que l'un d'eux était un habitué, et il voyait que la femme tentait de les encourager, mais plutôt comme si elle voulait leur extirper les mots, contre leur gré.

Il en avait vu certains échanger des regards ; ils étaient en t-shirt noir et en jeans de marque, sans veste ni manteau, alors qu'il faisait froid dans la pièce principale du club, le chauffage étant programmé pour ne s'allumer qu'à vingt-trois heures, sans qu'aucun d'eux ne sache comment modifier la minuterie.

Le plus jeune des deux a fouillé dans son sac à dos pour en sortir un paquet de fiches bristol blanches. Il les a posées sur la table, comme s'il s'apprêtait à faire un tour de magie. Plusieurs stylos ont suivi.

Ils lui ont expliqué qu'ils voulaient le voir dessiner la carte de là où il vivait enfant, telle qu'elle était à l'époque. Ils ne voulaient pas le vrai nom des rues ou des magasins, ils voulaient qu'il écrive la façon dont il les appelait, lui ; ils voulaient qu'il crée une carte personnelle de son quartier. Ils lui ont dit que c'était déjà un bon point de départ, une belle façon de leur faire connaître la ville.

La cage est ce qu'il déteste le plus, ils sont serrés les uns contre les autres dans un espace pas plus grand qu'un porche d'entrée. L'étendue du week-end se referme d'un coup. À l'étroit au point que les corps se touchent, entament la descente dans l'odeur des autres hommes, de leur dimanche et de leur manque de sommeil et de leur femme et de leurs enfants et de leur repas de la veille. Il irait prendre une douche après son service, il ne s'était pas lavé avant de partir, alors la nuit pèse encore lourd sur ses épaules. En regardant les profondeurs de la terre défiler sous ses yeux, derrière les barreaux, il se sent comme un animal qui progresse sous les poutres en bois, les lumières, avant de s'arrêter et de voir un homme s'avancer vers eux, comme un instituteur au portail de l'école, pour leur ouvrir et les laisser passer. À chaque fois ses yeux ont besoin d'un moment pour s'adapter à l'obscurité nouvelle, comme s'il se réveillait à nouveau. Et puis ils marchent. Leur lampe frontale éclaire le chemin dans les tunnels, personne ne parle vraiment, ils forment plutôt une communauté de souffle, concentrée sur le mur noir qu'ils finiront par rencontrer et qui ne semble jamais reculer, malgré toutes les heures qu'ils passent à l'affronter à l'aide de leurs outils. Au moins, une fois sorti de l'ascenseur il est libre de se mouvoir, de se balancer, de piocher et de briser. Parfois il se sent comme un microbe, occupé à détruire quelque chose de l'intérieur. Parfois le bruit des courroies et des perceuses est tellement assourdissant qu'il croit entendre les rouages de la terre tourner, encore et encore.

Surveillance : caméras

Ryan revenait d'un bref tour des galeries du haut, mais tout y était plutôt calme ; juste les habitués du lundi après-midi assis sur leurs bancs, et les allers et venues des gens en pause avant qu'ils ne repartent travailler. À présent, de retour dans le silence abyssal de la salle de contrôle, il était seul. Sur l'écran de quelques caméras qui diffusaient en direct, il a vu Ray et Steve au rez-de-chaussée, près de l'entrée, en train de parler à quelqu'un qui gardait la tête baissée, malgré sa capuche relevée. En tant que superviseur il ferait sans doute mieux de les contacter par radio pour voir si tout se passait bien, mais il était trop fatigué, trop usé après sa dispute de la veille avec Simon.

Il aurait dû lui envoyer un message, Ryan le savait bien, mais il ne pouvait se résoudre à le taper. À chaque fois qu'il prenait son portable, il perdait ses mots. Il savait que Simon risquait de le voir en train d'écrire, grâce aux trois petits points lumineux flottant au creux d'une bulle vide avant de disparaître. Pourquoi s'étaient-ils disputés déjà ? Impossible de s'en souvenir. Sauf que, bien sûr, il s'en souvenait.

Il a fouillé dans le système pour retrouver la vidéo de la Caméra 11, celle positionnée face au café qui en fait n'était rien de plus qu'un kiosque agrémenté de quelques chaises éparses au milieu d'une allée. Leur premier rendez-vous. Tout s'était passé si vite, comme si le temps leur avait manqué. Simon qui lui renvoie un message sur Grindr après l'avoir vu en train de travailler, qui s'arrange pour revenir à l'Alhambra le lendemain pour y déjeuner, les deux assis là ensemble, autour d'une petite table qui ressemble plus à du mobilier de jardin, Ryan qui garde son manteau malgré la chaleur, histoire que personne ne le croie en train de travailler. Histoire qu'on ne vienne pas les interrompre.

Et puis les voilà, à l'écran, sans personne qui les interrompe. La caméra étant située à leur droite, le bas de leur corps et leurs jambes étaient visibles sous la table, tournés pour éviter tout contact. Un pantalon de costard noir et des chaussures cirées d'un côté, un jeans slim gris et des baskets blanches de l'autre. Ryan, qui continuait de regarder la vidéo, a remarqué que parfois leurs genoux se touchaient en silence, avant de s'écarter immédiatement. Leurs jambes changeaient de position, l'un d'eux tapait du pied, leurs deux corps se réajustaient pour montrer qu'ils avaient une conversation animée, même si Ryan ne se souvenait pas de quoi ils parlaient.

Un troisième corps s'approche de la table, un tablier noir attaché à la taille, son bras vient déposer une bouteille de Coca et une tasse de thé. Ryan savait qu'ils étaient restés assis pendant l'intégralité de sa pause déjeuner, alors il a accéléré l'enregistrement. À un moment sa main est posée sur le jeans gris, puis une silhouette passe devant la caméra et il se retire soudainement. Leurs jambes se retrouvent de nouveau en contact, les genoux se touchent, sans plus bouger.

Le troisième corps réapparaît à l'écran, ses mouvements sont plus rapides cette fois, en vitesse x2. Une autre tasse de thé, un autre Coca, un geste brusque du bras, du liquide qui se renverse, le jeans gris qui se lève d'un coup, une petite flaque de thé laiteux qui se répand au sol. Ryan qui se lève aussi, lui et Simon qui s'écartent pour faire place à une serpillière qui apparaît dans le champ, puis s'en va, puis de nouveau, le thé qui se fait lentement absorber, jusqu'à être totalement essuyé.

Ensuite les deux qui reviennent à leur place, Simon qui oriente un peu plus sa chaise de côté, de sorte que leurs jambes se rapprochent davantage sous la petite table. Dans la salle de contrôle, Ryan observe Simon qui sort son téléphone, le pose sur la table, puis le déplace vers Ryan, de sorte qu'il doit bouger un peu pour voir ce que Simon cherche à lui montrer. La main de Ryan est maintenant posée sur la cuisse de Simon, sur son jeans gris, cette main y dessine de petits cercles, comme si elle pansait une plaie invisible. Les baskets blanches de Simon sont calées contre le pantalon de costard noir de Ryan. Leurs jambes restent proches l'une de l'autre. La grise contre la noire, comme un ciel d'orage. La main qui trace des cercles, encore et encore, jusqu'à ce qu'une autre main se glisse sous la table, pour la tenir. Simon qui ne fait que regarder Ryan. Ryan qui se tourne brièvement pour fixer la caméra. Et Ryan qui, maintenant, est en train de se regarder lui-même.

Ils avaient l'air plutôt contents de lui, s'est dit Brian, d'autant qu'il était vraiment allé dans les détails vers la fin, en évoquant ses souvenirs du Rec, de la boutique de Mr Mawi, et du Old Bridge. Il avait écrit chaque nom sur un petit carton, qu'il avait ensuite placé là où il l'imaginait s'il survolait la ville et regardait en contrebas. Ils avaient eu l'air de vraiment beaucoup aimer ce moment, il les avait vus écrire des choses et s'échanger des regards.

« Donc ici, a dit l'un d'eux en désignant une carte, ici c'est l'un des terrains de Darfield ? »

Il ne voyait pas de quoi ils parlaient, il n'avait jamais entendu personne l'appeler comme ça, donc il s'est contenté de répéter que non, c'était le Rec. Ils lui ont demandé de ne pas indiquer le nom des rues ou le numéro des maisons, mais plutôt de voir s'il se souvenait de qui habitait où, et bien sûr qu'il s'en souvenait. La maison de ses parents, les jardins ouvriers qui s'étendaient à l'arrière des maisons mitoyennes qui leur faisaient face, la maison de Mrs Moody, celles de ses tantes qui n'étaient pas vraiment ses tantes, la maison de Frank, la maison de Rob, l'école. Il ne voyait pas ce qu'ils pouvaient trouver d'intéressant là-dedans vu qu'ils ne connaissaient aucune de ces personnes, dont il avait même oublié le deuxième prénom parfois, et il ne savait certainement pas ce qu'elles étaient devenues depuis qu'il avait oublié leur existence ou qu'elles avaient déménagé. Leur vie était circonscrite aux quelques années qu'il tentait de cartographier, ce qu'il commençait d'ailleurs à apprécier, comme s'il était de nouveau en train de marcher dans ces rues et non en train de bouger des cartes sur le coin collant d'une des tables en bois du club.

Ils lui ont posé des questions sur les quelques endroits qu'il n'avait pas identifiés ; sa propre rue ressemblait à une bouche à laquelle il manquait la moitié des dents, mais il a rétorqué qu'il ne se souvenait pas, c'est tout. « Vous vous souvenez de partout de là où vous venez, vous ? » leur a-t-il dit, mais ils ne lui ont pas répondu. Il leur a demandé à quoi tout cela leur servait. Il croyait qu'ils voulaient en savoir plus sur la grève, sur ce jour si spécial, sur ce qu'il avait ressenti. Il leur a expliqué qu'il pouvait leur en dire un paquet sur les grèves s'ils le voulaient, mais ils lui ont répondu qu'ils y reviendraient peut-être plus tard. Ils ont ajouté que l'entretien se passait plutôt bien pour l'instant, qu'ils devraient continuer sur leur lancée. Il leur a demandé à nouveau, mais pourquoi tout ça, au moment où la femme est revenue avec des petits gâteaux et des sandwichs emballés dans de l'aluminium. Ils ont dit quelque chose sur l'importance de la mémoire locale pour comprendre un lieu. L'habitué du club, qui était resté assis sans rien dire jusque-là, se contentant d'écrire un ou deux noms de rues et quelques surnoms de magasins du coin – ce qu'ils auraient clairement préféré qu'il ne fasse pas –, a alors pris la parole : « Mais vous êtes pas d'ici, vous, donc comment vous pouvez y comprendre quelque chose ? » Ce faisant, il a retiré l'emballage des sandwichs, comme on retire son chapeau au passage d'un corbillard.

*

Quand Brian les a rejoints à la table du buffet, leurs tentatives pour bavarder avec lui l'ont immédiatement mis mal à l'aise. Ils lui ont demandé dans quelle mine il avait travaillé, s'il s'agissait de la même que celle de son père, ce que son fils faisait. Il a répondu en grognant, « Houghton Main », comme son frère, « Pas de fils, mais un neveu. Dans un centre d'appels pour une entreprise de gaz, du moins il croyait, ou peut-être que c'était un bookmaker maintenant, ils arrêtaient pas de changer les équipes, mais la paie était bonne, les horaires réguliers », et puis il est retourné aux sandwichs. Ils lui ont posé des questions sur le foot, mais il a répondu qu'il ne s'y intéressait pas vraiment. Par contre, son neveu vivait pas loin du terrain. Puis ils se sont fait interrompre par l'habitué, qui leur racontait les projets d'aménagement que le conseil municipal avait pour le grand parc du centre-ville. Sept cents maisons, leur expliquait l'habitué, elles vont être toutes collées les unes contre les autres, pas vrai, sans jardin, sans espace. « Des maisons mitoyennes, quoi », a répondu l'un d'eux, ce qui a fait pouffer de rire l'habitué. « Mais sans personne qui connaît le nom de son voisin. Ils seront tous en train de bosser à Leeds ou Sheffield, ils se parleront pratiquement jamais. » Ils ont acquiescé de la tête, même s'il voyait bien qu'ils n'étaient pas vraiment d'accord, ni même qu'ils l'écoutaient vraiment. « Et que fait votre frère maintenant ? » a demandé l'un d'eux. « Il est divorcé », a répondu Brian sans réfléchir. « Ça a pas dû être facile, avec tout ce qui s'est passé, le coût émotionnel, sans parler du financier… » « Rien à voir avec la grève, les a-t-il interrompus, c'est plutôt parce qu'il est… enfin bref, c'est juste que parfois les choses marchent pas, pas vrai ? Tout arrive pas tout le temps à cause de quelque chose, vous savez. »

Il a jeté un regard vers la table. C'était étrange de voir son passé mis à plat et exposé de la sorte, comme si quelqu'un en avait fait une nappe qu'il aurait entièrement déroulée. Il n'avait pas pensé à certains de ces amis depuis des années. Ils n'étaient pas vraiment partis ; il pourrait sans doute reprendre contact avec eux s'il le voulait. Quand il les croisait parfois en ville, ou dans le bus, ils se saluaient de la tête ou se disaient bonjour de vive voix, mais c'était tout. Il avait travaillé avec certains, ou s'était retrouvé avec eux pendant les grèves des années 80, mais même ceux-là il ne leur avait jamais vraiment parlé.

L'un d'eux s'est approché, un téléphone à la main ; il était sur le point de les photographier quand il a remarqué sa présence. « Ne faites pas attention à moi, je voulais juste prendre une photo de votre incroyable travail avant que tout ne soit dérangé. » Il a levé les yeux pour le regarder, tout en essayant de sourire. Leur enthousiasme était exaspérant.

« Je pourrai toujours recommencer si ça vous fait plaisir, a répondu Brian, même si la prochaine fois ça risque d'être un peu différent. »

Celui qui tenait la caméra s'est alors redressé. « C'est quand même passionnant, n'est-ce pas, la façon que la mémoire a de s'altérer si rapidement. La vitesse à laquelle on peut subitement décider qu'on avait tort. »

Il a haussé les épaules. Il n'en savait rien. Il a pris sa tasse en polystyrène pour boire une gorgée de thé tiède.

« J'ai pas dit que je me trompais », a-t-il répondu.

Notes de terrain : école

Tandis que certains membres de notre équipe se sont concentrés sur le club où ils ont travaillé conjointement avec des résidents de la ville, d'autres, dont nous faisons partie, sont allés visiter une école. Nous sommes arrivés au milieu d'une période trouble. L'école vient d'être soumise à des directives spéciales et fait l'objet d'une surveillance intense de la part de la communauté locale, qui l'accuse de laxisme vis-à-vis de comportements antisociaux dont les conséquences influenceraient tout le village. L'une des nombreuses critiques émises par les inspecteurs en charge de cette zone porte sur la langue employée par les enseignants dans leurs salles de classe. Ils signalent que l'anglais « correct » n'y est pas enseigné comme langue de référence aux étudiants. Par conséquent, l'école a érigé des barrières, tant du point de vue métaphorique que bureaucratique, afin de protéger son personnel et ses élèves de tout regard extérieur.

Nous avons rencontré le directeur, que nous tenions à inclure dans notre projet. Initialement, nous avions proposé d'organiser une série d'ateliers collaboratifs à destination des élèves de 6e, pendant lesquels ils travailleraient aux côtés d'un poète et d'un musicien, afin de réécrire l'histoire locale en la recentrant sur leurs propres expériences. Au début, le directeur était très favorable à l'idée, à condition que nous puissions lui montrer en quoi ce travail répondrait aux attendus académiques de fin de troisième cycle. Une autre idée que nous lui avons soumise était de laisser les étudiants intégralement aux commandes. Ils prépareraient tous un exposé sur un sujet qui les passionne (un jeu vidéo, une équipe de sport, un chanteur), puis ils auraient recours à notre expertise afin d'organiser leur propos : nous serions ainsi à leur service.

L'objectif était de totalement repenser la salle de classe, en replaçant la connaissance au centre de cet espace. Le directeur a rejeté notre idée : non seulement il ne pensait pas que les étudiants réagiraient bien face à tant de liberté, mais il lui serait en plus impossible de faire correspondre ce projet aux exigences du programme. En sortant de notre réunion, nous ne savions plus bien si nous parviendrions à collaborer avec eux. Nous avons trouvé que l'école se méfiait beaucoup des universitaires, ce qui est compréhensible. Quand Michael Gove a affirmé que nous « en avions assez des experts », ses mots ont été reçus avec horreur et mépris au sein d'universités comme la nôtre, mais ici, dans ce type d'endroits où les « experts » sont tenus pour responsables de vies faites de salaires insuffisants, d'estime insuffisante et d'opportunités insuffisantes, sa phrase a trouvé un autre genre d'écho.

L'école en a assez des experts. Apparemment, elle en a également assez des artistes : la dernière fois qu'un projet artistique a été mis en place, un groupe avait été financé pour réfléchir sur site aux enjeux d'autorité et de pouvoir. Ils ont proposé d'abattre tous les murs non porteurs dans l'école afin de créer, autant que possible, « un environnement de travail dynamique et ouvert » ; il n'y aurait plus de salles de classe séparées, plus de distinction entre les niveaux, plus de salle des professeurs. Les artistes ont ainsi expliqué que leur intervention visait à repenser les notions d'ordre et de règle, dans la mesure où l'apprentissage devrait être plus fluide et moins contraint. Les enseignants, eux, voulaient juste que leurs élèves réussissent leurs examens, et les parents voulaient juste qu'ils trouvent un métier.

Parfois, quand Alex est seul à la maison, assis sur son canapé, voilà ce dont il se souvient : l'immense fournaise noire qu'était le gymnase de son ancienne école, lui et son copain Judd, la page trois d'un magazine froissée comme de la peau flétrie, leur pantalon et leur caleçon baissés aux chevilles, une main sur eux-mêmes, une autre posée contre les lattes en bois pour se stabiliser. Les deux qui regardent par terre, déterminés à ne pas se faire prendre en train de regarder l'autre.

Puis une chaussure qui frappe l'arrière de son genou, et Alex qui se précipite au sol pour se protéger, empêtré dans ses propres vêtements et la souillure de la page déchirée. Une voix qui hurle putaindesalespetitspédés, une voix qui hurle putaindepervers, une autre chaussure, contre la nuque cette fois, avant que la poussière soulevée ne trouble trop sa vision, Judd qui s'enfuit en courant, qui saute par-dessus la barrière, et qui disparaît dans le parc.

Puis le bureau du directeur, une voix grave et sérieuse qui explique que « nous savons à quel point ça a dû être difficile, nous savons qu'il te manque, nous sommes là pour t'aider ».

Parfois, quand Alex ferme les yeux, il se voit encore la tête baissée et le pantalon taché, assis face au directeur, devant son bureau aux bords coupants. Cette même voix grave, de nouveau. « Certaines choses ont plus leur place à la maison. Certaines choses devraient plus être gardées à l'intérieur. »

Il sort et pénètre dans le long couloir de l'aube naissante ; la pluie de la veille a formé un tapis humide sous ses pieds, la bruine sature l'air comme de l'électricité statique. Au-dessus, le ciel est une chaussette grise usée jusqu'à la corde, et trois portes plus bas, Pat vient de refermer la porte de chez lui. Encore quelques portes plus loin, il y aura Harry, puis Frank, et quand ils tourneront tous à l'angle, Skip aura déjà pris de l'avance sur eux, alors chacun envisagera pendant un court instant de lui courir après, avant de se raviser. Personne ne parle ; ils saluent de la tête ceux qui les rejoignent, puis continuent leur route. De plus en plus d'hommes sortent de chez eux en tombant, le week-end n'est plus qu'un fil de tissu inatteignable au fond de leur poche. Quelqu'un siffle ; un autre tousse. Parfois, certains s'arrêtent pour s'adosser un instant au muret d'un jardin, afin de laisser leur corps rattraper son retard sur leur esprit. Personne ne les attend, ils continuent de marcher, c'est tout. Ils portent sur les épaules un village encore endormi, indifférent aux migrations de ces corps épuisés. Un jour, l'un des hommes dit qu'il entendait le soupir du charbon. Un autre lui répondit d'arrêter de raconter n'importe quoi. Et sous leurs pieds, à un kilomètre, des diamants noirs ; prêts à être polis, puis vendus.

Simon a maladroitement sorti les clés, cherchant à se souvenir des mots de Trip qui lui précisait laquelle était celle du volet roulant, et laquelle celle de la porte d'entrée ; il a plissé les yeux pour déchiffrer le code de l'alarme écrit sur sa main, éclairée par la lampe de sécurité.

Bien que Trip l'ait autorisé à venir plus tôt mardi, avant l'ouverture, avant que Simon ne soit attendu au centre d'appels, et bien avant sa soirée à Sheffield, il avait quand même l'impression de commettre une sorte d'infraction à se retrouver accroupi ici, le dos éclairé par les rares phares de voitures qui passaient.

Le volet roulant est remonté dans un grand bruit métallique, ce qui a fait sursauter Simon ; on aurait dit une énorme machine qui prenait soudainement vie. Une fois la porte passée, il a tapé

1912 sur le digicode. L'année où Barnsley avait gagné la FA Cup pour la dernière fois, lui avait expliqué Trip, comme si ça allait l'aider à s'en souvenir. Puis il est resté debout sur le pas de la porte, le temps de se rappeler où étaient les lumières.

L'espace semblait plus grand dans l'obscurité, l'ombre des tabourets de bar et de la scène altérant les proportions des murs. Il a trouvé les interrupteurs blancs, sur lesquels il a appuyé pour allumer le club.

Il a posé sa veste sur l'un des tabourets puis, désormais en débardeur et leggings de yoga, il s'est dirigé vers le fond de la salle. Il a intérieurement compté le nombre de pas tout en marchant de table en table, certaines encore collées l'une contre l'autre suite à un événement de la veille, mais la plupart disposées en configuration cabaret, comme elles le seraient ce week-end-là. Simon a essayé d'effectuer une cartographie mentale de la salle, afin d'identifier quelles étaient les tables à frôler pour éviter de les percuter. Une fois sur scène, il a sorti son téléphone de sa poche et l'a branché au câble jack des haut-parleurs.

Trip, peu sûr du branchement, avait proposé de graver les chansons sur un CD ; mais Simon lui avait assuré que tout marcherait. Ce samedi-là, au moment de commencer, il voulait provoquer la surprise.

De la scène, il se voyait dans le miroir accroché derrière le bar ; minuscule, une tache infime écrasée sous l'éclairage violent du club. Le mouvement de ses membres était invisible tout là-bas, dans les sombres recoins de la salle.

Fais en sorte qu'ils s'asseyent pas loin, s'est dit Simon. Il a lancé la première chanson, *Hello* de Beyoncé, puis a couru jusqu'à la porte des toilettes pour hommes, d'où il avait décidé d'apparaître. Il s'est mis à avancer tout doucement vers la scène, comme s'il était en train de saluer le public tout en lui parlant. Le moment le plus important de la chanson est arrivé avant qu'il ne soit en place, alors il l'a relancée pour essayer d'aller un peu plus vite cette fois, ouvrant théâtralement la porte avec le pictogramme masculin dessus, avant de marcher à grands pas d'un air décidé. Il est parvenu à monter les marches juste avant que la chanson n'accélère. Il a essayé à nouveau, encore et encore ; à chaque fois il ouvrait théâtralement cette même porte, faisait de grandes foulées, il arrivait sur scène juste avant qu'il ne se passe quoi que ce soit, puis il s'arrêtait.

Il avait trouvé un enregistrement audio de plutôt bonne qualité sur un groupe de femmes qui chantaient *Women of the Working Class* au cours d'un événement quelconque à Durham et, après une nuit passée à insulter son ordinateur, il avait réussi à le mixer avec un fond que YouTube appelait « paysage sonore industriel », qui était surtout du silence, à l'exception d'irruptions soudaines de bruits de machines ou de métaux.

Il avait décidé de prononcer lui-même les discours. Il commençait par la section 28 de la conférence qu'Elle avait donnée en 1987, celle qu'il avait visionnée en boucle. C'était surtout sa propre voix qui le frappait, elle semblait tellement factice, prise entre sa volonté de descendre d'une octave et de partir dans les aigus en quête de liberté.

Voici comment il voyait les choses. Le paysage sonore serait posé, au début on n'entendrait que le silence, une espèce de ronronnement étrange au loin, pas plus fort que celui d'un bus qui passe au dehors. C'est alors qu'il s'avancerait, vêtu de son costume deux-pièces, de sa perruque trop grande et de ses perles, pour être sûr que les gens comprennent bien.

« On apprend aux enfants qu'ils possèdent un droit inaliénable à être gay, dirait-il. On prive ces enfants de tout départ serein dans la vie. Oui, on les en prive. »

Le fond sonore s'intensifierait alors, des cris d'hommes, des bruits de machines lourdes, comme de gigantesques corps métalliques qui s'entrechoquent. Il laisserait ces sons suspendus dans le silence. Il reculerait jusqu'en arrière-scène pour saisir l'une des pancartes qu'il était en train de faire, dont les poignées avaient été arrachées à des palettes qu'il avait trouvées quelque part. Peinte en rouge, on verrait la phrase *La dame n'est pas du genre à faire demi-tour*, qu'il prononcerait face au public, plus fort à présent, jusqu'à couvrir les bruits industriels derrière lui. Il leur ferait alors un clin d'œil, bien qu'il ne soit pas certain qu'on le voie à cause de la perruque, il lui faudrait s'entraîner face au miroir, et au moment où les sons industriels et les cris du paysage sonore s'intensifieraient à nouveau, il retournerait la pancarte pour en révéler le verso :

Ce demi-tour n'est pas celui d'une Dame.

Comme il était fier de celle-là, il s'est arrêté un instant au milieu de son filage pour s'imaginer les éclats de rires et les salves d'applaudissements. Le bruit des voix commencerait à se fondre dans le paysage sonore. Alors il lèverait la pancarte, la blague face au public, avant de se mettre à marcher sur place, imitant le mouvement des voix qui étaient désormais les seuls sons audibles sur l'enregistrement.

Il espérait que les gens se joignent à lui. Il espérait que les gens se mettent tous debout.

En traversant à nouveau la salle pour récupérer son téléphone, il s'est souvenu de la fois où il l'avait laissé dans le préfabriqué qui servait pour les cours d'histoire au collège. Quelqu'un le lui avait pris pour lire à voix haute les messages qu'il avait envoyés à un autre garçon. Il avait refusé de se rendre au cours d'après. Il avait dû avouer à un professeur qu'il était gay. Celui-ci n'avait rien dit pendant quelques secondes, il avait levé les yeux vers les panneaux de polystyrène au plafond, puis il avait chuchoté « Putain de Thatcher », avant de se tourner vers lui pour le rassurer et calmer ses pleurs. Simon s'en souvenait encore, la scène lui apparaissait par moments, quand la roue de la mémoire la faisait remonter à la surface, avant de l'enfouir de nouveau en lui.

Notes de terrain : McDonald's, Shambles Street

Afin d'organiser nos entretiens, nous avons souvent demandé où nous pouvions nous retrouver aux personnes interrogées (l'une était guide local, une autre bénévole dans un atelier), ce à quoi on nous répondait systématiquement « devant le McDonald's ». Comme nous ne comprenions pas cette réponse, nous avons utilisé Google Maps pour localiser l'endroit : c'est ainsi que nous avons compris que l'ancien McDonald's était désormais une banque Halifax.

Cet après-midi, au moment de nous quitter momentanément, nous avons reproduit la même erreur : « On se retrouve devant le McDonald's. » C'était comme un voyage dans le temps, dont la destination était une ville différente de celle de départ, une ville qui avait existé une dizaine d'années plus tôt, à l'époque où le McDonald's se trouvait encore au centre de la ville, et où des files de taxis attendaient devant.

Au début nous nous efforcions de rectifier cette confusion en donnant le nom de la banque, mais nous avons préféré garder l'expression initiale, dans l'espoir qu'elle fluidifie nos conversations avec les habitants. Nous en concluons que, suite au changement physique concret, il faut un certain temps avant que les facultés émotionnelles ne rattrapent leur retard. Le McDonald's n'existe plus à cet endroit, mais comme nous continuons d'en parler, il y existe toujours. Nous nous appuyons ici sur les travaux de Milner et Mace, qui parlent du « regard en tant que dernière brique » : le bâtiment n'est vraiment terminé que quand il est connu. En ce sens, la banque Halifax est incomplète, l'argent qui y est détenu est inatteignable. Les gens continuent de se retrouver devant le McDonald's. La ville du souvenir n'est pas celle de la réalité.

Et puis, au cœur de la poussière, de la pénombre et de la sueur, vingt minutes. Il s'accroche à sa gamelle comme à une bouée de sauvetage. Dans sa gourde le thé est tiède, mais pas encore froid. Assis par terre, les mains sales et huileuses, peu importe combien de fois il les a essuyées sur ses cuisses, il engloutit ses sandwichs au jambon tout en criant pour se faire entendre des autres, la bouche pleine et crasseuse, sur leur sujet de conversation du jour.

Les nouveaux gars, « nouveaux » indépendamment de leur date d'arrivée tant que personne ne venait à leur suite, assis loin de lui, et d'autres hommes plus âgés mangeaient en silence, tout en se donnant parfois de petits coups de coude, l'un à l'autre, pour se maintenir éveillés.

Il hurle à l'un d'eux qu'il ferait mieux de dormir au lieu de se toucher quand il va au lit, alors les hommes qui l'entourent l'acclament. Le jeune a l'air de vouloir répondre mais se ravise, alors les hommes cessent de s'intéresser à lui pour parler d'autres choses. Le dos de Skip. La femme de Harry. La semaine à Cleethorpes.

Ils lui demandent comment va son cœur, et il répond qu'il se sent mieux maintenant que l'hiver est passé. Il leur demande comment va leur corps, comment vont leurs douleurs ; il demande à l'un d'eux comment va son bras, et quand l'homme répond qu'il va beaucoup mieux il lui demande « alors pourquoi t'es toujours aussi lent, putain ? », après quoi les autres hommes éclatent de rire. Le bruit de la scène est étouffé par les murs de cette grotte qu'ils ont eux-mêmes creusée.

Les croûtes du pain qu'il a en main sont couvertes d'une épaisse couche noire maintenant, alors il les laisse de côté. Certains nouveaux essayent encore de les mâcher tant bien que mal, comme s'ils mangeaient du sable. Vingt minutes pendant lesquelles il se souvient qu'il a un corps, qu'il a une vie, qu'il existe un monde au-dessus de leur tête, et qu'il va y revenir.

Il repose les croûtes dans sa boîte à repas, qu'il referme immédiatement ; l'air chaud s'y retrouve piégé, de sorte que plus tard, quand il la lui rendra, elle sentira une brève échappée de chaleur en l'ouvrant, comme lorsqu'on rentre chez soi après le froid de la journée.

Surveillance : caméras

Quelques zones du centre commercial étaient considérées à risque, en raison du nombre d'incidents qui y avaient lieu. Il s'agissait surtout de vols à l'étalage au niveau de l'entrée de certains magasins où des produits peu chers et sans antivol étaient empilés dans des bacs, ce qui permettait facilement d'entrer, de se servir et de repartir directement. Les vendeurs étaient formés à ne jamais interpeller les voleurs, au cas où la situation dégénérerait ; par conséquent, ces derniers parvenaient généralement à ressortir avec des paires de chaussettes ou des t-shirts, à moins que l'une des équipes de sécurité ne se trouve par hasard dans le coin, ce qui impliquait que Ryan et les autres s'efforcent de se trouver dans cette zone aussi souvent que possible. L'autre zone, c'était les toilettes.

Ils n'avaient pas le droit d'installer de caméras à l'intérieur, mais il y en avait deux pointées sur l'entrée des toilettes hommes et femmes, et une sur celle des toilettes handicapés isolées au fond d'un cul-de-sac, ce qui en faisait un repaire pour les toxicomanes en manque, de fait constamment occupées ou trop sales pour les personnes qui en avaient réellement besoin.

Les toilettes des hommes étaient confrontées à un problème différent, qui donnait souvent lieu à des gloussements ou à de simples silences à chaque fois qu'il était évoqué lors des réunions d'équipe qui ouvraient chaque journée. Elles étaient situées au premier étage, et depuis l'ouverture du centre commercial, ou en tout cas depuis que Ryan y travaillait, connues pour les rencontres homosexuelles. Jamais rien d'absolument scandaleux, d'ailleurs une seule et unique lettre de plainte avait été écrite au *Chronicle* pour dénoncer ce que son auteur appelait « des gens qui faisaient des choses qu'on n'est pas censé faire dans des toilettes publiques ».

Ryan s'y était rendu plusieurs fois pour tenter d'en surprendre certains, mais il n'y était jamais parvenu, même s'il savait très bien que ces pratiques continuaient ; il le savait aux regards furtifs que les hommes se lançaient quand ils sortaient d'un pas traînant, la tête baissée comme des écoliers envoyés chez le directeur. Tout était dans les gestes, un pied qui tape gentiment en rythme sous l'une des cabines de toilettes, une main tendue au niveau des urinoirs. Il n'aurait pas été employé là et il n'aurait pas eu peur de se faire prendre, et donc renvoyer, la fin d'un futur emploi rêvé dans la police avant même de l'avoir commencé, il devait quand même admettre que tout ça avait quelque chose d'attirant. Pas dans l'action elle-même, qui semblait toujours dérisoire, voire désespérée, mais dans sa théâtralité, dans la patience qui était requise, dans le dialogue sans dialogue.

Avec les toilettes des hommes, pas besoin de regarder qui entrait et comment, puisque n'importe qui pouvait s'y diriger d'un pas confiant, rapide, comme s'il était pressé. Il fallait plutôt regarder la façon dont les gens en sortaient. Leur démarche n'était pas plus lente, ils n'effectuaient pas non plus cette espèce de danse que les autres font quand ils vérifient leur braguette tout en cherchant à le cacher ; ceux qui avaient « fait des choses qu'on n'est pas censé faire dans des toilettes publiques » ressortaient tête baissée avant d'emprunter la sortie la plus proche, sans jamais aucun sac de course, sans jamais personne qui les attende dans le centre commercial, direction la sortie la plus proche et c'est tout.

Tandis que Ryan était en train de surveiller les caméras placées devant Wilko's, Next et Primark, il a remarqué deux hommes avec ce genre de comportement qui sortaient des toilettes. Il s'en fichait a priori complètement, mais il s'est dit qu'il ne devrait peut-être pas. Il allait candidater pour devenir policier et il aurait besoin de bonnes recommandations, alors pendant les quelques mois à venir il lui faudrait être irréprochable.

Il a quitté la salle de contrôle, désormais vide, pour se rendre au deuxième étage ; il a traversé l'allée, puis a descendu les escaliers qui mènent au premier étage. Il s'est attardé devant les toilettes, mais discrètement afin de ne pas trop éveiller les soupçons ; il s'est contenté de s'appuyer contre le mur en face, en faisant semblant de regarder son téléphone. Un homme a ouvert la porte des toilettes d'un geste rapide, Ryan a levé les yeux de son écran et, aussi naturellement que possible, est entré derrière lui.

Tout en s'efforçant de ne pas avoir l'air pressé, ni de respirer trop fort par le nez, il est passé devant les sèche-mains au niveau de l'intersection avec les toilettes elles-mêmes ; à sa gauche, les lavabos, à sa droite, l'espace dédié aux enfants, composé d'un lavabo plus bas et de plus petits urinoirs, puis devant lui, les alignements d'urinoirs pour adultes et les cabines de toilettes, les uns en face des autres contre chaque mur. Ryan a remarqué qu'il n'y avait personne aux lavabos, tout comme à l'espace enfants, alors il a continué son chemin.

Un jeune homme était en train de finir devant un urinoir ; il a jeté un bref coup d'œil à Ryan avant de partir en vitesse, remontant sa braguette en même temps qu'il se dirigeait vers la sortie, sans chercher à se laver les mains. Ryan a poussé chaque porte à moitié ouverte, l'une après l'autre. Les deux dernières étaient verrouillées. Il entendait des respirations lourdes.

Il s'est approché de la première des deux, avant de se raviser ; il n'avait pas vraiment envie de voir ce qui se passait derrière. Il s'est dirigé vers la cabine vide à côté, a baissé l'abattant, et y est resté assis pendant un moment. Au bout d'environ une minute, il y a eu comme un léger tapotement contre la paroi de la cabine, tellement diffus que Ryan a presque manqué de l'entendre ; puis une botte noire, fortement usée à la courbure des orteils, est apparue sous la cloison. Elle a tapoté deux fois, avant de se retirer.

Trente secondes sont passées puis la botte a refait exactement la même chose, suivie du tapotement contre la paroi. Ryan s'est levé d'un coup, ce qui a activé la chasse d'eau. Sans regarder, il a frappé deux fois du poing contre la porte verrouillée, en espérant que sa voix sorte aussi grave qu'il le voulait.

« Bon allez les gars, je crois bien que vous feriez mieux de bouger. »

Il n'a pas attendu qu'ils sortent ; leur honte lui était insupportable. Il s'est contenté de retourner à la lumière stérile de l'Alhambra, sans regarder en arrière pour voir le visage de ceux qui le suivaient.

Puis retour dans l'obscurité. La première heure tout est plus facile, la nourriture consumée par la fournaise de l'estomac diffuse son énergie jusqu'aux bras, puis tout redevient plus lent. Il se dit que ralentir ne servira qu'à donner l'impression que le reste de la période passe plus lentement, alors il accélère, jusqu'à ce que tous ses muscles soient réduits en feu liquide. Jusqu'à ce que sa peau soit brûlante au toucher, et puis la poussière. La poussière. La poussière. Elle sature sa sueur. Quand il se passe la main sur le front, c'est comme s'il se le frottait avec du sable. Obscur comme le fond de l'océan. Le mur se dresse haut devant lui, prêt à se briser sur eux pendant qu'ils creusent, fendent et soulèvent leur butin pour le déposer sur la bande de cuir qui les ramène au-dehors. Pas de lumière. Juste la poussière ; le grondement épisodique de la terre, comme si elle toussait, lorsque quelque chose de lourd est conduit au-dessus d'eux, à la surface. Il se dit que des débris et des éclats de pierre doivent sans doute glisser à chaque fois que cela arrive, mais comment pourrait-il bien le savoir ? Juste de la poussière, et encore de la poussière. Ce mur qui semblait ne jamais bouger, même s'il savait que c'était sans doute faux, ce chemin jusqu'au front de taille qui s'allongeait à chaque pas, centimètre par centimètre, à chaque fois qu'ils l'empruntaient, comme la marée qui se retire. Et lui n'est plus qu'une masse d'eau en mouvement, qui cherche juste à garder la tête droite. Juste à reprendre sa respiration, à aller au bout de chaque journée.

Notes de terrain : Pollyanna

Le travail que nous effectuons dans cette ville conduit une membre de notre équipe à évoquer l'un de ses paradoxes les plus étranges : Pollyanna, une boutique de haute couture située dans l'une des zones les plus défavorisées du pays. Des vêtements dessinés par des designers japonais et scandinaves trônaient dans la vitrine, qui faisait face à l'imposant bâtiment de la mairie et à un coiffeur haut de gamme situés de l'autre côté de la rue. Cet aspect-là de la ville est souvent négligé : une étude des sites les plus reconnaissables pour quelqu'un qui n'est pas d'ici inclurait potentiellement le terrain de football, la vieille roue de fosse qu'on retrouve si souvent en arrière-plan aux informations, et peut-être les marchés en extérieur. Ils incarnent le familier. Pollyanna incarne l'étrange. Il y a quelques années, cette collègue y est tombée sur une ceinture en peau de crocodile protégée par un écrin de verre à l'étage, à gauche, juste à côté de la rampe. Elle a demandé si c'était une vraie, et une vendeuse très mince, intégralement vêtue de noir, lui a répondu que oui. Elle coûtait 800 livres sterling.

Parfois, Pollyanna était fermée au public afin que des célébrités bénéficient de visites privées des collections. Nous trouvions que ce lieu n'était pas du tout approprié à ce genre d'événements, mais qu'en même temps cela permettait de sortir de l'insularité que nous rencontrions si souvent au sein de nos différents terrains de recherche dans la ville. Comme une échappatoire. Un portail vers l'ailleurs. Elle a fermé en 2014. C'est une pâtisserie désormais.

Plus tard ce soir-là, après des heures à s'être fait hurler dessus au téléphone, Simon s'est assis devant le miroir terni accroché au mur. En bas, la musique s'est soudainement élevée, faisant vibrer jusqu'au tapis gris sombre, avant de s'arrêter, puis de reprendre. Ils faisaient des tests son pour s'assurer que tout soit prêt à temps. Ils ouvriraient les portes à huit heures, et son premier passage aurait lieu une heure après. La routine habituelle : accueillir les gens, faire toujours les mêmes vieilles blagues auxquelles les habitués avaient la courtoisie de rire. Il utiliserait ce temps pour analyser la salle, identifier les éventuels fauteurs de troubles, échafauder un plan pour savoir qui faire monter sur scène. Il ciblerait les jeunes étudiants qui accepteraient de l'accompagner, ceux qui n'étaient pas trop timides, ceux qui viendraient danser avec lui par la suite. Puis il descendrait, prendrait deux ou trois shots, avant de remonter pour faire du playback sur les chansons que le club passait tout le temps. Il ne les aurait pas choisies, mais elles étaient populaires, et le manager voulait juste que les clients soient contents. Quand ils étaient contents ils consommaient plus.

Il a commencé par les sourcils, comme à chaque fois. Il les couvrait à l'aide d'un bâton de colle, qu'il appliquait par rapides mouvements circulaires. Ils avaient toujours été plutôt épais, sans se rejoindre au milieu mais presque, ce qu'à l'école les autres enfants n'avaient jamais manqué de lui faire remarquer. Depuis qu'il faisait du drag, il les gardait assez fins, plus espacés l'un de l'autre, mais malgré tout, à chaque fois qu'il se regardait dans la glace pour les faire disparaître, c'était comme s'il voyait cette étrange colline formée sur son visage pour la première fois, ce qui le dégoûtait de lui-même en silence. Puis il a brossé la colle pour enlever tout grumeau ou pli afin de la faire adhérer le plus possible à sa peau, de la façon la plus uniforme possible, appliquant un mouchoir par petites touches pour en enlever l'excès. À l'étage du bas, la musique s'élevait puis retombait par vagues. Il y était tellement habitué qu'il arrivait désormais à s'y perdre, à laisser son esprit divaguer jusqu'à Ryan, à qui il n'avait pas parlé depuis deux jours, ce qui n'était pas si long que ça à l'échelle de l'humanité, il le savait bien, mais ça lui semblait durer depuis des siècles au vu du mois passé chaque instant au téléphone dans le lit de l'autre la plupart des nuits.

Son fond de teint était plus foncé que sa propre peau, mais à peine. Le pinceau qu'il utilisait était le même depuis des années, depuis qu'il avait débuté en fait, avant de tout savoir sur leurs différents types, leurs fonctions, et les diverses formes qu'ils pouvaient prendre. Il l'avait trouvé dans les petits bacs en plastique dans lesquels les bonnes affaires sont exposées juste à l'entrée de la pharmacie, et même si les poils étaient déjà bien fatigués, même s'ils étaient complètement tombés comme un pissenlit explosé, il aimait le contact familier du pinceau contre sa main. Il a commencé par appliquer la base sur les côtés du visage afin d'en redessiner les limites, puis il est passé à une couleur plus claire pour le dessous des yeux et le contour du nez, l'inflexion au-dessus de la lèvre supérieure, et le menton.

Est ensuite venu le tour de l'éponge, usée après tant de spectacles et de maquillages différents, pour unifier les fonds de teint clair et foncé. Il est alors passé au contouring, à l'architecture de son nouveau visage, afin d'en faire ressortir les angles. L'ombre à paupières, quelque chose que même les ivrognes du fond se prendraient à la figure, et les faux-cils, une première paire collée, puis une deuxième par-dessus, de sorte à créer un effet en trois dimensions qui donnerait l'impression que ses yeux étaient un puits sans fond où le regard viendrait se perdre. Puis la perruque, dont il avait préparé brushing et style sur un mannequin en polystyrène que sa fac avait un jour jeté, avant de la coller sur son faux crâne, s'assurant qu'elle ne bougerait pas grâce à des épingles à cheveux. Il a fermé les yeux, aussi fort que les faux-cils le permettaient, puis a pulvérisé de la laque partout sur la perruque et le visage, pour que tout reste en place malgré la sueur. Il a enfilé sa robe moulante, celle dont les paillettes captaient la lumière et la renvoyaient se briser sur la piste de danse ; celle-là même qu'il avait portée dimanche dernier, vu qu'il savait que le public était différent en fonction des jours de la semaine.

Enfin, il a secoué la tête pour vérifier que la perruque ne tombait pas. C'était arrivé à une autre queen d'un club de Rotterdam et sa vidéo avait fait le buzz, elle était devenue la cible d'un million de blagues différentes et de vannes sur des sujets sans rapport avec sa performance. Il vivait dans la peur de voir la même catastrophe lui arriver. D'où le fait de secouer la tête pour être certain que rien ne bouge, et de se regarder dans le miroir pour s'assurer que chaque angle fût comme il faut. Il a mis son téléphone à charger, parce que ce vestiaire avait un verrou et qu'il était donc sûr, après avoir vérifié une dernière fois si Ryan avait envoyé quelque chose. Mais non. Simon s'est regardé une dernière fois dans le miroir, puis est ressorti en tant que Puttana Short Dress.

Le téléphone était dans la main de Ryan, puis lancé sur le lit, puis de nouveau dans sa main. Il portait encore sa chemise de travail, mais elle était sortie du pantalon et déboutonnée jusqu'à la taille. Le profil OnlyFans de Simon, le lien qu'il avait envoyé à Ryan après leur premier rendez-vous, accompagné de l'émoji singe qui se couvre les yeux, était affiché à l'écran, son nom d'utilisateur, BarnsleyLad28, écrit tout en haut de la page. Un prix était annoncé pour les nouveaux abonnés : 8.99 $ par mois.

Quand Simon l'avait envoyé à Ryan la première fois, il l'avait vu comme une espèce de raccourci, un moyen d'éviter les jours, voire les semaines passées à s'envoyer des photos d'eux nus et d'interminables messages de flirt ; plutôt que de déconstruire les murs brique par brique, ils avaient choisi la révélation complète, l'approche directe.

Pour s'inscrire, Ryan avait dû se créer un profil. Il avait voulu rester anonyme, craignant qu'un pseudonyme ne serait-ce qu'un peu trop proche de son vrai nom ne mette en péril ses chances d'intégrer la police. Il avait choisi Copperpipe, avant de renseigner son code postal, ce qui l'avait angoissé, comme si les voisins risquaient d'être aussitôt alertés par l'inscription, dans une chambre de la maison au bout de la rue, de quelqu'un sur un site douteux.

Cette fois-ci, comme toutes les fois suivantes, l'arrivée de Ryan sur la page a été plus fluide ; son téléphone ayant enregistré le lien, il le lui suggérait alors même qu'il n'en avait tapé que la moitié. C'est alors que Simon est apparu. Des petits carrés de Simon. Simon torse nu, son corps fin et musclé face à l'objectif, Simon en sous-vêtements, assis sur le lit, la caméra le prenant en contre-plongée depuis le sol, Simon en survêtement, Simon sans rien du tout, allongé sur le lit et les jambes écartées. Plus bas sur la page, il y avait Simon en robe, Simon en lingerie, chaque image accompagnée d'un rond gris et d'une flèche blanche l'invitant à appuyer sur play, et à ainsi donner vie à chacun de ces Simon.

Les vidéos et les photos étaient triées par date. Ryan a reconnu les plus récentes, mais il a remarqué qu'en cliquant en haut à droite on pouvait aussi les trier par nombre de vues, ou par celles qui avaient récolté le plus d'argent. La plus populaire auprès des abonnés était celle que Ryan se souvenait avoir regardée en premier. Il y avait quelqu'un d'autre dans le champ, et ce n'était pas Simon. Les jambes étaient trop massives, le torse trop poilu. La silhouette devant l'objectif était coupée au niveau de la tête, son visage n'était donc pas visible. Ryan imaginait qu'il s'agissait de quelqu'un d'environ trente-cinq ans, sans tatouage visible. La vidéo s'appelait « Surprise à un ami ». La silhouette sans tête se caressait et, à la façon dont la lumière semblait changer constamment sur son corps, il était certainement en train de regarder quelqu'un à l'écran. Au bout d'environ trente secondes, il a baissé son caleçon pour prendre sa bite en main. Il a continué de se caresser. L'éclairage changeait sans cesse, en clarté et en intensité. La porte s'est ouverte. Le corps au centre de l'écran s'est retourné pour voir, avant de refaire face à la télé. C'était Simon qui venait de franchir la porte. Il portait un pantalon de jogging Adidas et un manteau, comme s'il revenait tout juste de la salle de sport.

Ryan a été interrompu par une notification en haut de l'écran, sur laquelle il a cliqué sans regarder de qui elle provenait, supposant que c'était de Simon, alors qu'il s'agissait juste de son supérieur qui lui demandait s'il pouvait venir prendre la relève d'une équipe. Quand Ryan est revenu à la vidéo, elle s'est mise à charger, comme pour le punir de son manque d'attention. La séquence revenait constamment au même moment, elle se bloquait sur l'entrée de Simon dans la pièce, avant que le petit cercle ne se mette à tourner à l'endroit où la tête de l'homme aurait dû se trouver.

Ryan a regardé une nouvelle fois ses messages, il a envoyé un pouce levé à son supérieur, puis a cliqué sur la conversation avec Simon. Rien depuis dimanche, depuis son émoji aux yeux en forme de cœurs quand Ryan lui avait écrit pour l'informer de son arrivée au club. Ryan a voulu répondre, mais les mots se refusaient à lui. Il s'est contenté de rester allongé dans la lumière aveuglante de l'écran pendant un certain temps, avant de retourner son téléphone et de le reposer sur le lit.

Malgré sa lampe et les lumières installées au-dessus de sa tête, il effectue un travail sombre. Et étouffant de chaleur. Plus étouffant que n'importe quel jour d'été ne le serait jamais à la surface. Il travaillait constamment dans la nuit, plein de sueur, la poussière de charbon couvrant ses mains moites, son front moite, jusqu'à devenir une pâte, de la peinture qui coule le long de son pantalon et de son torse nu. Et puis l'odeur : le sous-bois sauvage des hommes mêlé à la suie, à l'huile de la courroie. Comme des animaux pris au piège qui creusent pour s'échapper. Ils vérifient toujours l'état du plafond, au cas où, en s'arrêtant toutes les vingt minutes pour s'assurer que tout est bien stable. Puis ils recommencent à creuser, à piocher, à soulever, à renverser des pelletées entières sur la courroie, pour y déposer des morceaux parfois gros comme un poing, parfois gros comme une tête, parfois rien d'autre que des débris et des pierres. Sur la courroie. Ils les regardent disparaître dans l'obscurité. Et la poussière. La poussière qui se dépose en lui, comme la poussière se dépose dans un musée. Des hommes qui se transforment en leur propre musée. Et la poussière. La poussière. Et parfois un souffle émis par la ventilation, mais la plupart du temps l'impression d'être dans un four. Le poids du monde audessus de lui, les profondeurs de la terre sous les pieds. Et la poussière, qui se dépose puis s'élève à chaque fois qu'il respire.

La musique en contrebas émettait un bruit sourd et monotone, assez puissant toutefois pour faire vibrer son verre et sa trousse à maquillage posés sur la table. Simon s'est alors regardé dans la glace. La perruque et le maquillage avaient tout juste tenu le choc.

Il a commencé par retirer ses faux-cils, dont la courbure était presque plus grande que son petit doigt, en les replaçant délicatement dans la trousse rembourrée où il les rangeait d'habitude ; ils pourraient bien servir encore deux ou trois fois. Puis il est passé aux cheveux, qui lui faisaient mal à chaque fois, quoi qu'il fasse. L'épaisse trace de colle grise qui lui restait tout autour du crâne le faisait ressembler à un moine.

En bas, il entendait les gens chanter sur l'un des titres que le DJ passait quand il voulait s'éclipser pour prendre l'air et qu'il lui fallait une valeur sûre pour que personne ne remarque rien.

Le spectacle de ce soir s'était plutôt bien passé ; personne n'avait trop fait attention à lui, ce que Simon préférait. C'était un public jeune, composé de presque autant d'hétéros que de gays.

Une fois, quelqu'un lui avait balancé un verre, qui s'était brisé juste à sa droite ; il avait continué de danser, en poussant doucement les morceaux jusqu'à ce qu'ils tombent de scène.

Une autre fois, deux étudiants ivres venus danser à côté de lui refusaient de redescendre, alors Simon était juste parti en les laissant seuls sur scène, ce que la salle n'avait même pas semblé remarquer.

Une autre fois encore, il effectuait une chorégraphie qu'il terminait toujours en chevauchant un jeune innocent, qui se retrouvait en caleçon sur une chaise pendant que Simon continuait de chanter. Cette fois-là, quelqu'un avait sauté sur scène en hurlant avant de jeter son verre à la figure du gamin. Simon n'avait pas interrompu son playback un seul instant.

Une autre fois enfin, à un enterrement de vie de jeune fille, l'une des femmes l'avait attrapé par l'entrejambe, s'était brièvement étonnée du vide qui s'y trouvait, puis lui avait mis une claque. Il était parti cette nuit-là et avait refusé de revenir pendant trois semaines, jusqu'à ce que son manager l'appelle pour lui proposer soixante-cinq livres au lieu des cinquante habituelles. Ces soixante livres de plus par mois permettaient de payer les billets de train hebdomadaires. « Ça aura au moins servi à quelque chose », lui avait répondu son père. À cette somme s'ajoutaient chaque semaine les trois cent dix livres du centre d'appels, plus les revenus d'OnlyFans, qui oscillaient entre cent et cent cinquante dollars, ce qui voulait dire qu'il s'en sortait plutôt bien. Il pouvait payer le loyer de son appartement, les factures, l'abonnement téléphonique, et tenter de déposer suffisamment sur son compte pour ne pas revivre ses débuts, où il dépassait le plafond de dépenses à chaque fois qu'il s'achetait un nouveau costume.

Il se souvenait d'un soir chez lui, avant que sa mère ne parte, où il l'avait retrouvée complètement voûtée sur la table du salon, la calculatrice de son téléphone sous les yeux, en train de griffonner au dos d'une enveloppe. En le voyant, elle lui avait fait signe de la rejoindre. « C'est pas à l'école que tu vas apprendre ça », lui avait-elle affirmé, avant de lui montrer comment elle budgétisait la semaine et combien chaque chose coûtait. « Arrange-toi toujours pour avoir un compte consacré uniquement aux factures, comme ça tu sais que tout ce qui te reste tu peux le dépenser comme tu veux. Assure-toi de jamais rien devoir à personne si t'en as la possibilité. » Alors il avait continué, de sorte que chaque mois, quelques jours avant de recevoir son salaire, il jonglait entre ses deux cartes de crédit pour voir laquelle était la moins à découvert, laquelle supporterait le coût d'un café à emporter ou une tournée au pub. Le dernier jour du mois, les comptes étaient réapprovisionnés, alors le lendemain tout passait dans la facture d'électricité, l'abonnement télé, Netflix ou la salle de sport, faisant à chaque fois fondre un peu plus le solde disponible. Étrangement, sa mère lui restait toujours dans un coin de la tête quand il était question d'argent, comme s'il pensait soit la rendre fière en répartissant les factures comme elle le faisait, soit la décevoir à chaque fois qu'il ouvrait l'application Mastercard.

Il s'est ensuite attaqué au maquillage, qu'il retirait par strates épaisses, comme lors d'une fouille, creusant pour revenir à lui-même, retirant les couches de fond de teint, d'anti-cernes, de sueur et de moiteur dégagée par le lieu. Il prenait toujours beaucoup plus de temps que dans ses souvenirs, peu importe le nombre de fois où il le faisait par semaine. C'est pourquoi, selon son courage, ou plutôt selon sa capacité à supporter les regards, il laissait parfois le maquillage sur les yeux, ou une partie de son fond de teint, pour tout retirer une fois chez lui, inquiet de rater le dernier train. C'est ce qui avait déplu à Ryan.

Simon lui avait parlé du drag queen et d'Only-Fans dès le début, car certains s'étaient déjà sentis rebutés par l'un, l'autre ou les deux dans le passé. Dimanche dernier, il l'avait finalement persuadé de venir ; Ryan était nerveux à l'idée d'aller voir le spectacle de Simon, au club, face à des gens qu'il risquait de connaître, alors Simon lui avait suggéré de plutôt venir à Sheffield. Il y serait parfaitement incognito. Simon n'arrivait pas à croire que Ryan n'avait jamais vu de drag queen en ville, tant il y en avait chaque semaine à la soirée gay, mais Ryan avait répondu que non, ça n'avait jamais trop été son truc.

Ce dimanche-là, quand Simon est entré sur scène, il a vu Ryan assis au fond de la salle ; Ryan a alors posé sa pinte pour faire un grand geste exagéré à Simon, désormais plongé dans son personnage de Puttana, qui lui a répondu d'un clin d'œil aguicheur tout aussi exagéré, avant de débuter son numéro. C'en était un plutôt rapide, alors l'esprit de Simon est resté focalisé sur les paroles à prononcer, les mouvements qu'il allait devoir faire effectuer à son corps, de sorte qu'il a rapidement oublié le regard de Ryan.

La fréquentation était étonnamment forte pour un dimanche, ce dont Simon se réjouissait ; il n'aurait pas aimé que Ryan entre dans un club à moitié vide, rempli uniquement de quelques groupes et de taches de bière au sol. Quand Simon a terminé de chanter, les gens l'ont applaudi avec enthousiasme ; il a alors enchaîné avec un numéro comique qu'il n'avait pas effectué depuis des mois. Singeant une série de rappels caricaturaux, il n'arrêtait pas de quitter la scène puis de revenir, avant d'aller chercher un bouquet de fleurs qu'il s'offrait à lui-même. Quand l'énergie a commencé à redescendre, il a cessé de revenir, signe pour le DJ qu'il était temps de lancer la musique. Le dimanche, leur happy hour durait toute la soirée ; ils ne passaient donc que de l'électro, vu qu'il serait vain d'espérer que les gens se concentrent sur le numéro. Il valait mieux les laisser se défouler, les laisser exploser de lascivité sur la piste de danse, jusqu'à ce qu'ils repartent aux bras de personnes avec lesquelles ils n'étaient pas arrivés.

Simon a alors écrit à Ryan pour lui dire qu'il arrivait, ce à quoi il avait répondu *t'inquiète*. Il n'avait qu'une envie, c'était de sortir d'ici avec Ryan, savoir ce qu'il en avait pensé, et rentrer à la maison avec lui. Le dernier train partait plus tôt le dimanche, avant vingt-trois heures, alors il s'est dépêché de se préparer en enfilant un jeans skinny, un débardeur, et une chemise en flanelle par-dessus. Il a fourré son déguisement dans son sac sans même le plier, conscient qu'il regretterait cette décision dans quelques jours, quand il lui faudrait le passer à nouveau. Face au miroir, il a retiré ses faux-cils et s'est brièvement démaquillé, sans trop s'attarder sur les yeux pour aller plus vite. En se dirigeant vers le bar, il s'est approché de Ryan, qui avait déjà descendu une première, une deuxième, et peut-être même une troisième pinte, avant de l'embrasser brièvement sur la bouche, puis de l'entendre dire « ah, la voilà ».

Il a dévisagé Simon, sans méchanceté, avant de lui dire : « Il te reste un peu de maquillage. Tu veux aller l'enlever, et on part ensuite ? » Simon, qui était déjà au niveau de la porte, lui a répondu : « Nan t'en fais pas, je m'en occuperai à la maison. »

Ryan l'a nié tout au long de leur dispute sur le chemin de la gare, mais Simon jurait qu'il l'avait vu tressaillir. Simon était alors revenu vers lui.

« Tout va bien, personne va rien nous dire, tu sais. Et même si ça arrive, t'es là pour me protéger, pas vrai ? » Il a prononcé cette phrase comme l'aurait fait Puttana, à la manière d'une demoiselle en détresse. Ryan n'a rien répondu, il s'est contenté de prendre sa veste et de sortir avec Simon.

Simon était incapable de se rappeler ce qu'ils s'étaient dit en allant à la gare, mais il était certain qu'ils n'avaient pratiquement pas ouvert la bouche pendant tout le trajet en train, arrêt après arrêt : Chapeltown, Elsecar, Wombwell. L'annonce préenregistrée insistait toujours sur *womb* à l'approche du quai, elle prononçait très distinctement chaque syllabe, de sorte que le lieu devenait étranger à Simon, habitué à entendre et dire *Wumwell.* Il avait tellement souhaité que Ryan vienne le voir, qu'il reparte avec lui, qu'il soit vu avec lui. Sur scène, Simon devait se grandir s'il voulait garder la salle avec lui et maintenir l'attention du public, sans quoi il lui échappait comme du sable entre les doigts. Mais après coup, en rentrant par le dernier train, il se sentait toujours tout petit, prisonnier de ses baskets qui le rivaient au sol, quand ses talons le maintenaient exagérément haut.

Ce dimanche-là, tout comme ce soir-ci, le train était calme ; quelques ouvriers en gilet jaune et pantalon couvert de peinture s'étaient assoupis, complètement avachis sur leur siège. Par moments, des couples ivres s'endormaient l'un sur l'autre ou titubaient à chaque fois que le crissement des freins annonçait l'arrivée en gare. Ce soir-là, le silence de Ryan s'était fait plus pesant à chaque minute qui passait. Simon s'était alors lové sur une banquette, se faisant tout petit, laissant la nuit lui glisser dessus tandis que le train le ramenait à la maison.

Il sort et pénètre dans le long couloir de l'aube naissante ; la rue s'étend à l'infini, comme un train fou. Au-dessus, le ciel est une cheminée sombre, et trois maisons plus bas, Pat vient de refermer la porte de chez lui. Encore quelques portes plus loin, il y aura Harry, puis Frank, et quand ils tourneront tous ensemble à l'angle, Skip aura déjà pris de l'avance sur eux, alors Frank se mettra à courir pour qu'ils puissent finir leur débat de la veille. Personne ne parle ; ils saluent de la tête ceux qui les rejoignent, puis continuent leur route. De plus en plus d'hommes sortent de chez eux en tombant, certains sourient doucement, la semaine a déjà engagé sa redescente. Parfois, certains s'arrêtent pour s'adosser un instant au muret d'un jardin, se baissant pour faire semblant de relacer leur botte, tout en se raclant la gorge afin d'expurger la journée de la veille de leurs poumons. Personne ne les attend, ils continuent de marcher, c'est tout. Ils portent sur les épaules un village encore endormi, indifférent aux migrations de ces corps épuisés. Un jour, l'un des hommes dit qu'il entendait les rires du charbon. Un autre lui répondit d'arrêter de raconter n'importe quoi. Et sous leurs pieds, à un kilomètre, les arbres antiques, condamnés à flétrir sous une pression millénaire, prêts à être ramenés sous la chaleur du soleil.

Ce dimanche soir-là, après un retour en train placé sous le signe du silence, Ryan avait dormi chez Simon, puis s'était levé tôt pour aller travailler au centre commercial. Ils n'avaient fait l'amour qu'une fois que Simon s'était lavé le visage pour effacer toute trace de Puttana. Ryan n'avait rien demandé explicitement, mais il n'en avait pas eu besoin, alors, le mercredi suivant, Simon s'était réveillé seul dans son appartement, s'était rendu à la salle de bains, avait pris les lingettes démaquillantes pour en faire de petites boules et avait plié les carrés de coton, avant de fourrer le tout dans une tasse de thé à moitié vide qu'il avait ensuite apportée à la cuisine.

Son visage avait l'air fatigué sous la lumière sévère de la salle de bains, ses traits étaient tirés, ce qui le faisait paraître encore plus émacié que d'habitude. Il avait fallu longtemps à Simon pour cesser d'y trouver une source de satisfaction, pour décider que la peau sur les os n'était plus son objectif. Il avait été obèse dans sa jeunesse. Les autres enfants ne l'avaient jamais laissé l'oublier, même si, Simon s'en rendait compte à présent, ils ne soupçonnaient pas du tout l'étendue de son calvaire, comme le fait qu'il devait porter des pantalons et des joggings auxquels il avait fait ourlet sur ourlet parce qu'il prenait des tailles adulte, les seules dans lesquelles il rentrait. Il avait entendu le mot gay pour la première fois à l'école, quand quelqu'un l'avait utilisé comme une insulte générique à son encontre, mais il semblait désormais à Simon qu'ils avaient sans doute compris, que les enfants sont tout simplement très perspicaces quand il s'agit de déceler les secrets des autres. Ils avaient employé des termes que plus personne n'utilise aujourd'hui, non pas pour des histoires de tolérance ou autres choses du genre, mais parce que les insultes, comme tout le reste, traversent des modes. Certaines d'entre elles paraissent tellement stupides aujourd'hui qu'il avait du mal à comprendre comment elles avaient pu lui faire autant de mal à l'époque. *Sale folle. Tantouze. Tapette. Baltringue.* Ils les utilisaient aussi facilement et fréquemment que son propre prénom. Mais on ne l'avait frappé qu'une seule fois. Il attendait le bus 219 quand un jeune garçon, qui devait avoir treize ans et Simon quinze, s'était approché. Sans même lui adresser la parole, il lui avait donné un coup de poing au visage avant de retourner auprès de ses amis hilares.

L'école lui avait semblé n'être qu'une succession de stratagèmes destinés à le coincer. On lui demandait qui il aimait bien. S'il avait déjà roulé une pelle à une fille. L'un de leurs jeux consistait à lui demander s'il avait des poils « sur la bite », question à laquelle il ne pouvait y avoir aucune bonne réponse, car si vous répondiez non ils se moquaient de vous en vous traitant de « sans pubis », mais si vous répondiez oui ils hurlaient de rire en clamant que vous aviez des poils sur la bite plutôt que sur les testicules, et que vous étiez donc une espèce de monstre. Il lui semblait aussi que tout lui arrivait un peu plus fréquemment qu'à ses camarades. À quinze heures, quand les cours finissaient et qu'il rentrait chez lui à pied, il avait enfin l'impression de respirer librement, de profiter du grand air, d'avoir survécu à une autre journée. Plus tard, même après avoir commencé à travailler au club, le mot gay lui nouait l'estomac et le tordait d'angoisse, comme si ce terme tombait en lui tel un pavé qui faisait résonner tout l'écho du passé.

Quand Ryan l'avait regardé avec ce qui lui avait semblé être du dégoût, il s'était subitement senti offert aux yeux de tous à nouveau. Non pas en tant que Puttana, mais en tant que lui-même ; non pas une simple voix à l'autre bout du fil qu'on appelle pour faire enregistrer un pari, ni même un fantasme bien construit sur lequel se masturber, encore moins une drag queen sûre d'elle jusqu'à l'effronterie, mais juste Simon, celui qui avait l'air trop gay pour qu'on veuille être vu en sa compagnie. Il ne savait pas comment l'expliquer à Ryan, comment lui dire que le simple fait d'être regardé, surtout par certaines personnes, réactivait instantanément ses complexes les plus sombres, ce qui submergeait son esprit de panique tout en réveillant la honte enfouie au plus profond de lui. Curieusement, pensait Simon, le fait que Ryan soit vu avec lui alors qu'il portait encore du maquillage – et même pas tant de maquillage que ça, pensait Simon avec amertume, tout en versant son thé dans l'évier – voudrait dire qu'il était vu lui aussi, sous un autre jour cette fois, comme si l'image de Simon se reflétait sur Ryan et que tout le monde se retournait pour les regarder.

Simon a alors pris son téléphone, a cherché Ryan dans ses contacts, et lui a écrit : *est-ce que t'as honte de moi ?*

Surveillance : rumeurs

Après le départ de Simon et Ryan ce dimanche soir-là, l'une des deux jeunes drag queens dont le travail consistait à tenir la porte, flirter avec les passants pour les attirer dans le club, ou encore faire le tour des tables pour vendre des shots, affirmait, tout en retirant sa perruque, que le type qui était là avec Simon, franchement, il m'a carrément poussé pour sortir, et puis Simon, il a pourtant toujours été super clean avec moi depuis que je bosse ici, d'ailleurs je me suis toujours dit qu'il m'aimait bien. Ben quoi ? Me regarde pas comme ça, je suis sûr que tu lui plaisais aussi, mais bon, lui il continue juste sa route, pas vrai, genre il se prend pour la Reine de Saba maintenant, t'as vu, n'empêche quand Simon était sur scène, le mec était assis tranquille au fond, en mode rien à foutre, il était sur son portable, il faisait pas du tout attention au spectacle, bon d'accord, ok, il regardait la scène, mais ça se voyait à ses yeux, et même, quand je suis allé lui proposer des shots, il avait le regard complètement absent, et quand Simon est sorti il avait encore du maquillage autour des yeux, du coup je lui ai proposé de l'aider à l'estomper un peu, je lui ai même envoyé le lien vers un de mes tutos, mais il s'en tapait, donc bon, en tout cas, Simon a l'air super heureux, son mec est là pour lui, et en plus il est bien foutu franchement, pas vrai ? T'as vu ses bras, genre ? Bref, clairement y'a un truc qui se passe entre eux, mais j'ai pas vraiment pu entendre quoi parce qu'ils ont capté que j'essayais de les écouter, c'est là que je t'ai attrapé pour qu'on sorte, vu que je me suis dit qu'ils risquaient de continuer encore un bout de temps après être partis, mais j'ai compris qu'y avait un problème avec son maquillage, le mec avait pas l'air ravi que Simon l'ait pas complètement enlevé, franchement qu'est-ce qu'il peut en avoir à foutre, son mec a passé dix plombes à danser en robe et perruque, et d'un coup il s'excite pour un peu de maquillage, mais bref c'est comme ce que je te disais sur le type avec qui je sortais, pas vrai, ils veulent toujours que ce soit tout blanc ou tout noir, peut jamais y avoir d'entre-deux. Du coup soit t'es en mode femme fatale H24, et ils kiffent ça, soit tu laisses tout ton matos de drag dans la loge et tu redeviens un mec comme les autres, c'est toujours l'un ou l'autre, et donc Simon prend cher parce qu'il lui reste un peu de maquillage. Il l'enlève à l'arrache, il essaie de le cacher un peu pour lui faire plaisir, mais bon c'est plus soit l'un soit l'autre là, pas vrai ?

Suite à quoi l'autre queen a levé brièvement les yeux pour lui sourire en signe d'approbation, avant de retourner à son téléphone, où il a ouvert une application de VTC pour qu'un chauffeur vienne le récupérer à l'endroit exact où il se trouvait.

Quand Brian est revenu pour participer à la session suivante, il s'est retrouvé tout seul, à l'exception de la bénévole de la banque alimentaire, qui regardait constamment la porte d'un air anxieux. Les deux universitaires, le plus jeune comme le plus vieux, n'arrêtaient pas de sourire en assurant que tout allait bien, qu'ils savaient que les gens étaient très occupés, qu'ils avaient tous des choses à faire, et qu'ils avaient sans doute une urgence. Brian n'a rien répondu, il a laissé leurs mots s'échouer sur les tables réunies au centre du club. Ils avaient conservé ses cartes ; elles étaient légèrement écornées, et le plus jeune des deux a dû en épousseter des miettes en les sortant de son sac, mais il devait bien avouer qu'il avait ressenti une certaine joie à la vue du paquet maintenu fermement par un élastique. Le plus jeune le lui a tendu en lui demandant s'il voulait bien les disposer sur la table, s'il se souvenait de l'endroit où il les avait placées la dernière fois. « Si je m'en souviens, a-t-il répété d'un ton moqueur, évidemment que je m'en souviens, c'est ma vie dont on parle là, pas vrai ? Laissez-moi juste aller prendre mon thé, sinon il va être trop infusé. » Le plus jeune a eu l'air surpris, mais en se dirigeant vers la bouilloire, Brian a fait un clin d'œil au plus âgé avant de sourire à la femme, pour leur montrer qu'il voulait juste les provoquer un peu.

Au moment d'étaler les cartes, il a été frappé par le silence qui régnait dans le club ; à part les deux ou trois autres qui l'accompagnaient, il n'y avait personne pour maintenir le bruit de fond habituel. Il avait choisi de s'asseoir à un bout de la table, quand les deux universitaires prirent des chaises tout à l'opposé ; il avait l'impression d'être convoqué à une espèce d'entretien d'embauche ou de commission disciplinaire, vu l'étendue qui les séparait. Cette absence de bruit était insupportable. Il leur a donc demandé ce qu'ils avaient fait ces derniers jours et, malgré leur surprise, étant donné le regard qu'ils se sont échangé et qu'il avait déjà repéré la première fois, ils ont eu l'air enthousiasmés d'être inclus et de participer à une conversation.

« Eh bien, j'ai surtout donné des cours, a répondu le plus jeune.

— Des cours de quoi ? a-t-il demandé.

— D'anglais, a répondu l'universitaire.

— Ça je sais, vous me l'avez déjà dit la dernière fois, franchement vous devez avoir Alzheimer, vous. Ce que je veux dire, c'est quoi comme cours d'anglais. Sur des livres, par exemple ? »

Son ton a de nouveau troublé le plus jeune, même si le plus âgé tentait de sourire pour détendre l'atmosphère, comme s'il avait compris la blague. « Je suis spécialiste de linguistique, enfin je crois, et d'orthographe, donc en ce moment, par exemple, je réfléchis aux structures de pouvoir inhérentes à l'anglais non standard dans les communications écrites. » Brian lui a demandé de lui expliquer ce que ça voulait dire, et en bon anglais cette fois mon garçon, ce à quoi le plus jeune a répondu :

« Eh bien, nous avons tous un accent, et si je vous demandais d'écrire un mot exactement comme vous le prononcez, certains diraient que ce n'est pas "correct", mais en fait ça l'est pour vous, puisque c'est comme ça que vous prononcez le mot, et que beaucoup de gens avec lesquels vous parlez au quotidien le prononcent également comme ça.

— D'accord, mais ça règle pas le problème pour les boulots, si ? » a demandé Brian.

Le plus jeune n'a d'abord rien répondu, mais le plus âgé lui a lancé un regard pour l'encourager à continuer.

« C'est vrai nan, si on est avec le recruteur, qu'il nous demande de remplir un formulaire, et qu'on écrit tout exactement comme on le prononce, personne nous prendra au sérieux.

— Eh bien, c'est exactement ça l'enjeu, oui, a répondu le plus jeune, et nous pouvons peut-être les aider à changer d'avis sur le sujet.

— Et ça prendrait combien de temps ? a alors demandé Brian. Ils auront trouvé quelqu'un d'autre avant même que vous ayez commencé. »

Et la chaleur et la chaleur et la poussière et les débris et le souffle court et les débris qui tombent d'en haut et le crachat au sol et la sueur et la terre sur les bras, sur les jambes, et la crasse et la poussière et la poussière et la poussière et la poussière et la chaleur et la chaleur de la lampe et la chaleur de son souffle qui résonne comme une pièce dans une boîte de conserve, et le bruit et la crasse et la poussière et la poussière et la poussière et la poussière et la chaleur et la toux et le bras qui essuie le sourcil et le bras qui se repose sur la tête, qui vient couvrir le visage, et la pioche et la pelle et la perceuse et la courroie et son moteur et la chaleur et la terre dans l'air et les débris dans les poumons et le crachat au sol et la poussière et la poussière et la poussière et la poussière et la poussière et la poussière et le monde entier au-dessus de lui, comme un rêve.

Parfois, quand Alex est chez lui, seul sur le canapé, voici ce dont il se souvient. La fois où il était au bar, trop ivre pour se tenir debout, quand il s'était appuyé contre le mur près de la cabine du DJ, un homme qui lui criait quic'estqueturegardeslàputain, un autre qui lui hurlait espècedesaleperversdemerde, un poing au visage. Et puis elle, sa tête quand il est rentré à la maison et qu'elle a imaginé une nouvelle bagarre, encore une. Parfois de la colère, parfois le fin contreplaqué de la porte de sa chambre qui se refermait sur sa vision trouble alors qu'il venait s'appuyer contre la rampe, et parfois des yeux humides, au bord des larmes.

Parfois, quand il ferme les yeux, il l'entend encore lui dire « Tu peux juste me raconter, tu sais, t'es pas obligé de continuer à mentir », et parfois c'est simplement une sensation qui s'empare de lui, une anxiété que la boisson entraîne toujours jusqu'au réveil, la peur d'avoir glissé, de réaliser que, quelque part au milieu de ce tunnel obscur des choses dont vous êtes incapable de vous souvenir, tout le monde vous regarde, et que leur regard continue de peser sur vous, comme une mise en garde.

En recevant le message de Simon, Ryan avait ressenti ce soulagement de la reprise de contact après le silence, comme un mur qui tombe enfin, puis la honte de ne pas lui avoir écrit en premier. Comme ils étaient convenus de se retrouver au club en fin de soirée, Ryan y était maintenant installé, un café et un manuel sur la loi de 1984 sur la Police et les Preuves dans les Enquêtes Criminelles fermé devant lui, son ordinateur portable bien chaud en train de ronronner sur les cuisses. Quand Simon lui avait posé la question directement, pour savoir s'il lui faisait honte, il n'avait pas su quoi répondre. Il ne pensait pas, non. Pas consciemment, en tout cas. C'était juste que le maquillage de Simon et celui qu'il était quand il le portait avaient du sens à l'intérieur du club, mais pas à l'extérieur.

Ryan a fermé un document intitulé *notes* sur son ordinateur, avant de déplacer la souris au hasard sur les différentes icônes. Il y avait celle du solitaire, ses mails, de vieilles photos qu'il avait scannées à un moment sans jamais prendre le temps de les trier. Il s'est arrêté sur le dossier *téléchargements*. Il n'a pas cliqué dessus ; pas la peine. C'est là qu'il avait rangé quelques films pour le site de Simon, des séquences brutes, et puis les versions montées comme il avait promis de le faire. Par moments, simplement pour passer le temps avant de se lever et d'aller au travail, ou encore quand il n'arrivait pas à trouver le sommeil et que Simon ronflait à côté de lui, il ouvrait le dossier pour regarder certaines vidéos, celles d'avant leur rencontre. Les plus récentes, celle où ils avaient joué avec un couple par exemple, pas besoin ; les images défilaient dans son esprit avec la même clarté que sur un écran de cinéma.

La première fois que Ryan avait accepté de le faire, il y avait deux caméras dans la chambre. La première était simplement celle du téléphone de Simon, calé contre une lampe face au lit, orienté en format paysage. L'autre était installée sur un trépied au niveau de la tête de lit, en format portrait, face à l'action.

Dans les séquences brutes, que Ryan avait ensuite regardées dans un état de sidération totale, on voyait Simon se pencher devant chaque caméra et approcher son doigt de l'écran jusqu'à ce qu'il devienne de plus en plus flou. À moitié nu tout du long, le torse plat, la vallée entre ses clavicules bien visible. Il y avait aussi du son, que Simon lui avait demandé de supprimer pour la mise en ligne de la vidéo, et que Ryan avait donc remplacé par une version ralentie d'un classique de musique house. Dans les séquences non éditées, la caméra et le téléphone avaient tous deux enregistré Ryan qui demandait « T'es sûr, on verra pas mon visage ? », puis Simon qui le rassurait en lui promettant que non, personne ne le verrait, que l'image s'arrêterait au niveau de son cou, et que de toute façon, c'était pas comme s'il avait des tatouages ou je sais pas quoi qui le rendraient identifiable, et que franchement, ceux par qui il craignait d'être vu ne risquaient pas vraiment d'être ceux qui allaient regarder la vidéo. « Les tatouages, c'est à cause de la police », avait expliqué Ryan. Simon a répondu qu'il était au courant, et qu'ils étaient pas obligés de le faire si vraiment il en avait pas envie, mais que personne pourrait savoir que c'était lui, vu que la plupart des abonnés vivaient en Amérique, en Europe de l'Est ou à Londres, et que c'était pas comme s'il risquait de tomber sur quelqu'un dans la rue qui allait crier l'info sur tous les toits.

« C'est pas que j'ai honte, lui avait rétorqué Ryan, le ton affirmé de sa voix apparaissant clairement dans l'enregistrement sonore, c'est juste que certains trucs sont censés rester privés.

— N'empêche, lui avait demandé Simon, tu trouves pas ça un peu excitant de savoir que t'as un public ? Comme s'il y avait quelqu'un en train de nous mater par la fenêtre, tu peux te montrer tu vois, en mode acteur.

— Ouais, sans doute, s'était entendu dire Ryan.

— Même quand je me filme, avait ajouté Simon, ce que j'adore c'est l'idée de rendre le privé public, un peu en style exhibitionniste, tout le monde me voit, et ils sont là parce qu'ils en ont envie, parce que j'ai un truc qu'ils veulent, mais je suis de l'autre côté de l'écran, du coup ils peuvent pas l'avoir, et cette frustration, elle est tellement proche du désir sexuel que c'est ça qui les fait continuer de regarder.

— Putain de merde, avait répondu Ryan en éclatant de rire, c'est de toi tout ça ou tu l'as repris d'un fascicule de présentation ? »

La caméra du téléphone montrait Simon conduisant Ryan vers le côté du lit, puis restant debout dos à l'objectif ; le bruit d'une chemise qu'on déboutonne, puis qu'on retire, du corps musclé de Ryan qui tombe sur le lit pour s'y allonger en travers. Puis Simon qui s'accroupit, qui lui enlève le jeans en tirant les jambes, d'abord une, puis l'autre, jusqu'à ce que l'arrière de son slip noir soit tout ce que les spectateurs puissent voir.

« Décale-toi un peu en arrière, pouvait-on entendre Simon lui dire, comme ça si tu penches la tête sur le côté, l'autre caméra te filmera qu'à partir du cou.

— Et celle-là ? avait alors demandé Ryan, indiquant le téléphone derrière Simon.

— Elle filme que moi », lui avait-il répondu.

La vidéo a ensuite été mise en ligne sous le titre « Au service d'un ami ». Les abonnés pouvaient y voir Simon, encore en slip, commencer à genoux au pied du lit, le sommet du crâne apparent face à un corps qui, vu d'un certain angle, ne semblait être que d'immenses jambes. C'est avec cette séquence, celle prise par la caméra du téléphone, qu'ils débutaient, avant que Simon ne se tourne vers les spectateurs puis de nouveau vers les jambes, la langue commençant à lécher le tibia par petites lapées, avant de s'attarder plus longuement sur les cuisses, jusqu'à atteindre la bosse visible dans le caleçon ample porté par le corps étendu. Ils voyaient ensuite Simon saisir cette bosse, se tourner de nouveau face à la caméra, puis ouvrir légèrement la bouche, comme s'il était choqué, avant que sa langue ne revienne se poser sur le caleçon pour lui lécher l'entrejambe en dessinant de petits cercles humides, comme s'il voulait défaire les trois boutons en plastique blanc cousus dessus. Les abonnés profitaient ensuite d'un angle de vue différent en repassant sur la première caméra, où Simon apparaissait subitement de profil tout en les fixant à nouveau dans les yeux, comme s'il craignait qu'ils ne s'en aillent. Simon remontait alors la main le long du torse nu dont la tête était toujours hors champ, ses doigts caressant occasionnellement le petit tapis de poils qui le recouvrait, quand ils ne s'agrippaient pas à la peau de toute leurs forces. L'autre personne n'émettait aucun son, on entendait juste la musique de fond changer légèrement d'intensité, puis Simon, sans jamais rompre le contact visuel avec la caméra, lui baissait totalement le caleçon pour mettre l'intégralité de ce qui était ainsi révélé en bouche. Les abonnés profitaient toujours du contact visuel de

Simon, dont la tête bougeait de haut en bas sur la barre qu'il avait saisie. Jamais il ne se touchait, jamais il n'approchait son corps trop près de celui à qui il donnait du plaisir. Le cadrage était parfait, on voyait Simon se pencher jusqu'à ce que ses genoux soient positionnés entre les deux jambes musclées. Les abonnés voyaient parfois la séquence filmée par le téléphone, qui semblait alors plus granuleuse, plus amateure en comparaison, comme si la caméra était tenue par quelqu'un qui était avec eux dans la chambre ; on y voyait les fesses de Simon, parfois ses mouvements de tête. Puis la vidéo repassait sur la caméra principale, où la main de Simon parcourait tout le corps qui lui faisait face, de plus en plus vite, tandis que l'autre main se plaçait à la base du mât, jusqu'à ce qu'un tremblement ne traverse le corps et que les abonnés ne voient la gorge de Simon déglutir ; enfin, il se léchait les lèvres puis souriait à la caméra. La musique s'amplifiait à mesure que l'image s'estompait, jusqu'à ce que le titre réapparaisse à l'écran.

Dans la séquence brute, Simon dit à Ryan qu'il peut se relever maintenant, ce qu'il fait, se redressant sur le lit, le visage encore tout rouge de ce qu'il vient de vivre, le sang remontant à la tête après avoir été redirigé plus bas pendant si longtemps. On y voit Simon positionner ses genoux de part et d'autre du torse de Ryan, les mains posées sur chaque pectoral.

« Tu t'imaginais qu'on était regardés par qui ? lui avait demandé Simon, sans parvenir à dissimuler son sourire.

— Tout le monde », lui avait répondu Ryan, encore à bout de souffle.

Notes de terrain : traumatisme

À la fin de la dernière décennie, le Dr Geoff Bright s'est appuyé sur les théories du Dr Avery Gordon dans son ouvrage intitulé *Matières spectrales : les revenants dans l'imaginaire sociologique.* Les travaux de Bright exploraient l'idée de spectralité sociale, qu'il appliquait aux paysages post-industriels, et il s'y intéressait aux théories de Beverley Skeggs afin de développer une approche centrée sur « la valeur de la personne et les pratiques découlant des valeurs autonomistes de la classe ouvrière ». Pour citer Bright lui-même :

> Selon Gordon, la spectralité sociale est le rappel incessant de problèmes structurels liés à « des violences sociales commises dans le passé » et la preuve du fait que « ce qui a été dissimulé est bel et bien en vie et présent » (1997 : xvi).

Si l'idée générale selon laquelle le passé reste présent *dans* le présent n'est pas nouvelle pour les études citées ci-dessus, la notion spécifique de spectralité sociale, en revanche, ouvre des perspectives inédites. Comme l'explique Gordon, les fantômes sociaux sont fortement *ressentis* bien que *difficilement connus*, dans la mesure où les preuves de leur existence sont « *soit à peine visibles, soit fortement symboliques* ».

Nous pensons à ces mots chaque matin en roulant dans la ville et les villages qui la bordent. La violence sociale commise par le passé saute aux yeux. Ce qui a été dissimulé reste enfoui sous la terre, toujours bien vivant ; il respire encore, tousse, glisse, s'affaisse.

« Le passé reste présent *dans* le présent. » Ce soir-là, nous regardons un journal télévisé national qui consacre l'un de ses reportages aux inégalités régionales ; un journaliste en costume se tient devant l'entrée d'une mine désaffectée qui surplombe la ville.

Nous nous posons quelques questions l'un à l'autre, ainsi qu'aux collègues universitaires qui ont lu cet article, tout en reconnaissant notre dette envers Bright, Gordon et Skeggs : qu'est-ce qui, exactement, a été caché ? Que signifie le fait que ce qui a été caché soit toujours en vie et bien présent ? Qu'implique le fait d'être regardé sans être vu ? Quelle est la différence entre ressentir et savoir ? Pourquoi le journaliste choisit-il toujours de se tenir là où il se tient ?

Après avoir bu encore deux ou trois tasses de thé, et profité d'un plateau de sandwichs beaucoup trop fourni pour le nombre de personnes dans la salle, Brian a achevé la tâche qui lui avait été confiée. Ils lui ont fait disposer les cartes comme la fois précédente, puis lui en ont tendu de nouvelles en lui demandant de recouvrir les cartes du « passé » avec ce qui s'y tenait à présent. Là où il avait placé le magasin du coin, qu'y avait-il maintenant ? « Rien », a-t-il répondu, alors ils lui ont demandé d'écrire « rien » sur la carte et de la poser sur la précédente. Ils ont continué ainsi. Quelques personnes habitaient encore au même endroit, mais il n'était pas retourné dans la plupart de ces lieux, ou bien ils avaient complètement disparu. Le Rec avait été remplacé par un nouveau lotissement appelé

Storm, l'école était en friche et quelques habitants y laissaient paître leurs chevaux afin de garder l'herbe basse. Le Vieux Pont était toujours le Vieux Pont, mais il avait été repeint. L'épicerie de Mr Mawi était désormais une Co-op, et il avait dessiné trois symboles de livre sterling sur la carte pour bien montrer en quoi ce changement avait affecté le prix des fruits.

À nouveau, il avait l'impression qu'ils s'intéressaient uniquement à des détails étranges. Là où il avait écrit *Mines*, il avait désormais indiqué *La Nouvelle Route*, puis dessiné une flèche qui s'étendait sur plusieurs cartes, pour montrer la façon dont elle entourait le village, jusqu'à l'autre bout de la table (en direction de l'autoroute). Ils ont voulu en savoir beaucoup plus sur cette Nouvelle Route. Ils lui ont demandé sa date de construction, et même s'il ne s'en souvenait plus, il se rappelait les différentes réunions préparatoires qui s'étaient tenues ainsi que les lettres ouvertes publiées dans *The Chronicle* pour dénoncer le projet. Il supposait donc qu'elle datait des années 95-96.

« C'était il y a presque un quart de siècle, a remarqué le plus âgé des deux. Il est intéressant qu'il s'agisse toujours de la Nouvelle Route, pas vrai ? » Brian a haussé les épaules pour toute réponse ; elle s'appelait comme ça, c'est tout, encore un parfait exemple de quelque chose qui ne l'intéressait absolument pas mais qui semblait les fasciner, eux. Il leur a répondu que le sujet avait fait débat à l'époque, que beaucoup de gens avaient voulu conserver les champs tels quels, que les familles aimaient bien s'y promener. Ils lui ont donc demandé ce que lui en avait pensé. Il a de nouveau haussé les épaules. Il ne s'en souvenait plus, pas vraiment en tout cas, et de toute façon il n'avait jamais trop eu d'avis sur le sujet, n'avait jamais écrit de lettre ni signé de pétition. Il y avait même un type, a-t-il ajouté, qui sonnait à chaque porte pour recueillir des signatures.

« Mais vous, vous ne vous êtes jamais investi dans ce genre de choses ? » ont-ils demandé à nouveau.

Il a répondu que non, selon lui il fallait bien, pour être honnête, que les routes aillent quelque part, et celle-là était censée être un contournement, ce qui veut littéralement dire qu'on enlève les choses de quelque part pour les emmener ailleurs, pas vrai ? « J'imagine qu'à l'époque je considérais qu'un village comme le nôtre en avait eu assez de ce genre de choses », a ajouté Brian.

Ils ont beaucoup aimé cette réponse, qu'ils ont alors notée dans leurs carnets.

Simon avait réussi à trouver le tailleur dans une friperie. Il était presque parfait ; même si ce n'était pas la réplique exacte, il était suffisamment ressemblant pour immédiatement évoquer des images aux gens. Le costume deux-pièces bleu et la veste à simple boutonnage, même si celles qu'elle portait étaient plutôt à double boutonnage, mais il se disait qu'ils lui pardonneraient ce genre de détails. Comme il avait les épaules plutôt larges, le blazer s'arrêtait un peu au-dessus du nombril ; il s'était demandé s'il devait porter une chemise en dessous, mais il aimait bien montrer sa peau nue, exhiber le halo de sa chair. La jupe était plus longue, beaucoup plus longue que ce qu'il portait d'habitude pour ses numéros de drag, et elle plissait comme une serviette dans un restaurant gastronomique. Il était toutefois bien conscient qu'il ne devait pas s'agir d'une imitation, mais bien de drag, il a donc fait des trous à l'arrière pour donner l'impression qu'il s'agissait de jambières. Puis les chaussures ; il avait trouvé une paire d'escarpins en réduction dans la corbeille des bonnes affaires à Wynsors, le genre qui permettait de se grandir légèrement. Mais il ne les avait pas aimés, en marchant dans le magasin il les avait trouvés trop rigides, trop lourds, comme s'ils cherchaient à le clouer au sol. Il avait alors demandé à son père s'il pouvait prendre une photo de ses vieilles bottes de mineur et de celles de son grand-père, ce qui avait déstabilisé son père, mais celui-ci avait accepté et donc, armé de peinture et d'une éponge à récurer destinée à retirer les couches de couleur séchées, Simon avait entrepris de transformer une paire de Ugg en quelque chose qui ressemblait à des chaussures d'ouvrier. Elles seraient confortables pour lui permettre de se déplacer et de danser, mais elles auraient l'air solides et robustes.

Les cheveux étaient prêts depuis longtemps ; il allait parfois les vérifier pour s'assurer que chaque mèche était exactement à sa place, vu que tout se jouait dans les détails, comme le collier de perles (en plastique, acheté chez Claire's), ou le bracelet de montre fin et délicat. Il avait peint un porte-documents en rouge afin qu'il ressemble à l'un des attachés-cases que les ministres transportaient partout avec eux pour se donner l'air important. Il n'était pas Elle, mais une version d'elle en tout cas. Le retour de Maggie Thatcher, Maggie enfin revenue, Maggie dévoilée, Maggie sur scène, afin que tous les deux, peut-être, soient enfin vus pour la première fois pour ce qu'ils étaient vraiment.

En passant par la ruelle entre les deux maisons situées de l'autre côté de la route, on arrive au lotissement. Quand il vient d'en haut, il emprunte un chemin où, à force, l'herbe est devenue boue, avant de prendre à gauche puis de descendre par les habitations en béton qui mènent à son terrain. Il le contemple ; son regard surplombe les tranchées étroites où sont plantés carottes, choux et pommes de terre. Il inspire profondément pour sentir l'odeur du sol lui-même, l'odeur des poulets deux parcelles plus loin, celle du lisier qu'ils ont répandu partout dans les champs. Il expire et sent le gravier dans ses poumons. Il va s'asseoir sur le vieux fauteuil de salle à manger qu'il avait trouvé au bout de la rue un matin, puis effectue un bref état des lieux. Certains soirs, comme celui-là, il n'y avait pas beaucoup de travail. Parfois la bêche, la charrue manuelle et l'arrosoir restaient dans l'abri délabré. Un jardin ouvrier n'avait pas besoin d'être parfaitement propre, en tout cas pas autant que ce qu'elle attendait de la pelouse devant leur maison. Il n'enlevait pas les mauvaises herbes. Il ne balayait pas la poussière tombée sur les marches. Les soirs comme celui-là, il restait assis, c'est tout, face à l'immensité du ciel au-dessus des toits.

À un moment, qui sait au bout de combien de temps, il se relève, crache les miasmes qui lui encombrent les poumons au pied du fauteuil, puis marche tout au bout de son lopin de terre. Il s'avance vers la seule chose qui s'y trouve. Des oiseaux dans un grand pigeonnier en bois. Il en avait surtout des gris, à l'exception de quelques blancs qu'un ami lui avait confiés avant sa mort, chacun sur son petit perchoir fixé au mur. Il était trop tard pour le faire maintenant, et de toute façon l'atmosphère d'aujourd'hui n'était pas propice, le vent soufflait dans la mauvaise direction. Une autre fois en revanche, lors de sa prochaine visite, il entrerait vraiment. Pas juste à l'endroit où il leur déposait à manger d'habitude, mais il entrerait pour s'approcher de l'un d'eux, il le prendrait dans le creux des mains comme on recueille de l'eau, il le porterait haut pour l'élever au-dessus de l'obscurité dans laquelle il vivait, il le soulèverait au-dessus de sa tête, puis il le lancerait doucement, tendrement, et c'est tout ce qu'il lui faudrait pour s'envoler loin, par-delà les cheminées. Alors il retournerait s'asseoir, en attendant que l'instinct de l'oiseau fasse effet et le pousse à rentrer à la maison.

Un poète est arrivé dans l'après-midi, rejoint par deux ou trois hommes qui avaient participé à la première session. Brian a eu l'impression qu'ils étaient déjà à court d'idées, qu'ils tournaient autour des mêmes sujets, et qu'ils avaient donc voulu changer de méthode en les prenant par surprise.

Le poète était jeune, il parlait avec un accent qui semblait venir d'ici mais s'être altéré ailleurs, un accent familier sans l'être tout à fait. Il avait posé son vieux mug reçu dans une pochette surprise au centre de la table et l'avait rempli de stylos, à côté d'une pile de feuilles blanches et lignées.

« *Right !* » leur a annoncé le poète ; à sa façon de prononcer le mot, d'une voix légèrement trop aiguë et légèrement trop forte, Brian a compris qu'il était nerveux. Il se sentait mal pour ce garçon, qui ne devait pas être plus âgé que Simon, d'autant qu'il avait dit « right » et non pas « reight » ; il avait allongé la voyelle, certes, mais en produisant un son différent, moins ramassé, moins local. Il avait les bras recouverts de tatouages de marin, même s'il avait l'air bien trop jeune pour avoir passé du temps en mer. Il leur a demandé de penser à un monument célèbre de la ville, encore en place, « comme la mairie », leur a suggéré le poète, ou disparu, « comme le kiosque à musique ». Les mêmes choses, s'est dit Brian, les mêmes questions, posées encore et encore simplement sous des formes différentes. « Quand vous l'aurez choisi, a continué le poète, j'aimerais que vous écriviez quelque chose de son point de vue. Donc si le kiosque pouvait parler, que dirait-il, que verrait-il, que remarquerait-il de particulier ? Selon vous, que ressent la mairie face au coucher du soleil ? » Parce que Brian avait de la peine pour lui, et parce qu'il y avait quelque chose dans ces questions qui l'intriguait, il a choisi un stylo Bic noir dans la tasse et s'est mis à écrire. Cette décision a semblé inciter les deux autres hommes à faire de même, avant d'être imités par les universitaires.

Le poète est resté silencieux pendant tout le temps où ils écrivaient ; on entendait uniquement les stylos qui grattaient le papier, la respiration lourde et les toussotements de l'un d'entre eux, le bruit d'une tasse reposée un peu trop fort sur la table. Ils doivent bien aimer le silence, s'est dit Brian. Et l'espace. Faire la conversation, parler, tout cela impliquait du travail, dans la mesure où ils écrivaient tout ce qu'il disait, comme un médecin face à son patient. Les mots étaient des entités solides, qu'il fallait ensuite découper ou extraire. Le silence, en revanche, l'espace ouvert qu'il laissait, ils semblaient prêts à s'y installer, à s'autoriser à s'y installer, sans jamais se sentir mal à l'aise, même quand l'un d'eux craquait et se mettait à parler. Ils ont écrit pendant cinq minutes environ ; Brian étant en manque d'idées au bout de deux minutes, il a alors décidé de faire des gribouillis dans les marges pendant que les autres terminaient. Il sentait la présence du poète qui regardait par-dessus son épaule. Quand ils sont revenus en groupe, le poète s'est adressé à lui pour lui demander : « Brian, j'ai eu l'impression que vous écriviez des choses vraiment intéressantes. Vous seriez prêt à les partager avec nous ? »

De nouveau le même silence ; ils n'ont pas cherché à le briser. Personne d'autre n'a pris la parole. Alors Brian s'est éclairci la gorge.

« En fait, je pensais à l'ancien stade d'Oakwell, a expliqué Brian, avant qu'ils construisent les nouvelles tribunes, et cette fois où on s'était fait démonter pendant je sais plus quel match, et où j'arrêtais pas de regarder au loin, par-dessus la tête des supporters, surtout qu'y avait pas de plafond à l'époque, et du coup on voyait les champs depuis les tribunes, et alors j'ai aperçu un vieux qui promenait son chien, il est passé une première fois quand le score était de 2-0, puis de nouveau quand on en était à 6-0, et donc je me demandais juste à quoi ça ressemblerait si la tribune décrivait ça, si la tribune s'ennuyait tellement qu'elle commençait à regarder ailleurs, et quel genre de trucs elle verrait alors.

— Tout ça m'a l'air magnifique ! » a répondu le poète, visiblement ravi. Il s'est alors tourné vers les deux universitaires, à la recherche de leur approbation ; ils lui ont souri tout en acquiesçant. « J'aime beaucoup cette idée, a-t-il ajouté, je pense qu'elle soulève une question vraiment intéressante, n'est-ce pas, du point de vue historique. Quand un événement majeur a lieu quelque part, que se passe-t-il si on regarde ailleurs, que voit-on alors ?

— Un mec et son chien », a répondu Brian, sans pouvoir s'empêcher de sourire.

Notes de terrain : bassins miniers

Les usages actuels des anciens bassins miniers situés dans la ville et en dehors jouent le rôle de métaphore illustrant la situation psychogéographique de la commune en tant que telle. Comme le remarquait un membre de l'équipe au cours de notre trajet vers la gare de Sheffield, l'ironie tragique du mot « affaissement » réside dans le fait qu'il sert à la fois de description physique du sol autour de ces agglomérations, mais aussi de parabole pour une population qui retombe dans son passé sans pouvoir s'en empêcher.

Amitav Ghosh a écrit au sujet des structures sociales qui ont favorisé le succès du charbon face aux moulins à eau de la même période. Il explique que « les moteurs à charbon permettaient à leurs propriétaires de construire leurs usines au cœur de villes densément peuplées, où la main-d'œuvre bon marché était facile à trouver ». Nous considérons que les veines de charbon, plutôt que les moteurs qu'elles alimentaient, sont en partie des accidents du terrain, mais qu'elles ont été supplantées dans les paysages post-industriels tels que cette ville par quelque chose d'étrangement similaire. Cette commune a été officiellement classée dernière du pays en termes de niveau de revenus lors d'une enquête effectuée à la fin de la dernière décennie. Nous constatons que cette situation génère un cercle vicieux : les bas salaires attirent de grandes multinationales qui viennent installer leurs centres d'appels et de distribution dans cette « ceinture marron » qui entoure la constellation de communes situées en périphérie de la ville. Elles s'installent là car elles savent que les salaires pourront y être plus faibles qu'ailleurs dans le pays, ce qui maintient les revenus à des niveaux très bas. Ghosh cite Malm, qui décrit « le moteur à vapeur » comme le « moyen ultime pour extraire le surplus de richesse ». Le choix d'implantation géographique pour l'industrie est désormais moins défini par l'extraction d'un tel surplus de richesse que par la volonté explicite d'en empêcher l'accumulation. Si vous avez un jour placé un pari, appelé votre fournisseur d'électricité, ou effectué une commande sur un site de fast fashion, il est très probable que votre vie ait croisé celle d'un habitant de cette ville, même si vous n'auriez jamais pensé venir la visiter un jour.

Surveillance : rumeurs

En rentrant chez lui pour tout raconter à sa femme, l'un des habitués du club lui a avoué que rencontrer ce genre de personnes le mettait toujours mal à l'aise. Je veux dire c'est toujours bizarre quand ils sont ensemble, Alex et Simon, le premier est tellement massif, tellement gros, tellement mou, alors que Simon est tellement grand et fin, mais bon c'est ce que j'ai toujours dit, ils ont aucun rapport, c'est le jour et la nuit ces deux-là, si tu les croisais dans la rue sans savoir qu'ils sont de la même famille, jamais ça te traverserait l'esprit. Bref, donc y avait Simon et l'autre type, d'ailleurs je crois qu'il bosse comme agent de sécurité à l'Alhambra, ils étaient assis l'un à côté de l'autre, genre pas directement l'un sur l'autre non plus, mais vraiment proches, alors pour blaguer je leur ai demandé s'il s'était fait choper en train de voler une robe ou quoi, mais bon de toute façon ils sont pris dans une conversation qui a l'air super sérieuse, et tout du long ils s'enfilent des énormes verres de gin comme si c'était de l'eau, Trip y avait foutu des fruits ou je sais pas quoi histoire de faire chic, pas comme celui que t'avais pris à Leeds tu te souviens, là tu peux être sûre que c'étaient que des produits pas chers, enfin tu sais comment Trip gère ses finances. Bref, ils discutent et tout, et à un moment un autre type vient foutre sa main sur le genou de Simon, du coup il lève les yeux, et là je te jure on aurait dit qu'il avait vu un fantôme, alors Simon se retourne d'un coup et il voit que c'est son père, c'est Alex, donc ils sont tous les deux super gênés, et ensuite Simon se lève à moitié de derrière la table, lui dit de venir le rejoindre, et nous on est complètement à l'autre bout alors j'entends pas vraiment ce qu'ils se racontent, mais le gars de l'Alhambra se lève pour serrer la main d'Alex, et Alex vient se mettre entre eux deux, du coup ils se retrouvent à trois tout serrés sur l'un des gros canapés en cuir rouge, et à chaque fois qu'Alex dit un truc le gars de l'Alhambra réagit à fond, genre il rit un peu trop fort, enfin du moins je crois, vu comme il ouvre grand la bouche et tout, et Simon se met alors à sourire comme s'il commençait enfin à se détendre. Deux ou trois fois j'ai vu Alex et le gars en chemise se sourire alors que Simon, lui, sourit pas du tout, il les regarde comme s'ils étaient en train de se moquer de lui, les deux sont super fiers de leur coup, jusqu'à ce qu'Alex prenne son gamin par les épaules ou lui décoiffe les cheveux, mais à un moment c'est le gars en chemise, celui de l'Alhambra, qui se penche pour caresser la cuisse de Simon, et alors là tu vois les poils d'Alex qui se hérissent d'un coup, il se lève, se dirige droit vers le bar en poussant tout le monde au passage, et les deux, là, Simon et le gars de l'Alhambra, ils se regardent comme s'ils comprenaient rien à ce qui se passe, alors le type en chemise dit un truc du genre désolé à Simon, qui hausse juste les épaules en mode t'en fais pas, il va rien dire de toute façon, il a toujours été comme ça. Alex va se prendre une pinte, eux se commandent de nouveau du gin, vu qu'ils en avaient pas bu assez, et ils recommencent à discuter, jusqu'à ce qu'à un moment j'entende Alex qui crie « Police ! Où est la police ? », et là il se lève pour retourner au bar, bon j'étais pas vraiment en train de le fixer non plus, mais je l'ai entendu pousser leur table, puis aller vers Trip pour lui commander une nouvelle tournée, en faisant traîner les énormes bottes noires qu'il met toujours. Il est déjà bien cuit à ce moment-là, Alex je veux dire, mais il reste au bar et il se met à crier « Eh Simon, tu sais quoi, peut-être bien que je devrais venir voir ton spectacle demain soir ? », alors là Simon a l'air super mal à l'aise, et il répond juste « J'en fais un ici samedi, tu sais ? », tout en regardant le sol, vu qu'il en a bien un de prévu, pas vrai, même que c'est Trip qui l'avait convaincu de le faire, et j'ai pris des billets d'ailleurs, mais bref, Alex lui répond en criant « D'accord, mais bon je peux bien venir te voir en avant-première, pas vrai, vu que je suis ton père, j'ai bien le droit à une avant-première, tu crois pas ? ».

Il sort et pénètre dans le long couloir de l'aube naissante ; le vent le dépasse au galop. Au-dessus, le ciel se déplace vite et, trois maisons plus bas, Pat vient de refermer la porte de chez lui. Encore quelques portes plus loin, il y aura Harry, puis Frank, et quand ils tourneront tous ensemble à l'angle, Skip sera là à les attendre, désireux de parler du match de la veille. Certains lui répondront en marmonnant, d'autres resteront silencieux ; ils saluent de la tête ceux qui les rejoignent, avant de continuer leur route. De plus en plus d'hommes sortent de chez eux en tombant ; ils remontent le col de leur veste pour lutter contre le froid. Quelqu'un siffle ; un autre tousse. Parfois, certains s'arrêtent pour s'adosser un instant au muret d'un jardin, au milieu d'une brise qui les encercle tel un sabot. Personne ne les attend, ils continuent de marcher, c'est tout. Ils portent sur les épaules un village encore endormi, indifférent aux migrations de ces corps épuisés. Un jour, l'un des hommes dit qu'il entendait le craquement du charbon. Un autre lui répondit d'arrêter de raconter n'importe quoi. Et sous leurs pieds, à un kilomètre, l'argent ; compté à la surface, pour ne leur rendre que les débris.

Simon ne comprenait pas du tout pourquoi son père tenait tellement à assister à son spectacle. Il s'était attendu à ce qu'il fasse comme d'habitude, à savoir se réveiller le lendemain avec la gueule de bois, regretter ses mots de la veille, puis s'inventer n'importe quelle excuse pour esquiver l'événement auquel il s'était engagé à venir. Mais pas cette fois ; ils s'étaient donc retrouvés à prendre le train ensemble à la demande insistante de son père, bien que Simon lui ait précisé qu'il devait y aller vraiment très tôt pour se préparer, que le club n'ouvrirait pas avant plusieurs heures, et qu'ils ne le laisseraient sans doute pas entrer en coulisses, d'autant que Simon ne voulait absolument pas qu'il soit là pendant qu'il se changeait. Alex lui a répondu très calmement qu'il n'avait pas vraiment envie de ça non plus, sans vouloir le vexer, et qu'il irait alors se balader un peu, sans doute au Jardin d'Hiver s'il était ouvert, parce qu'il aimait bien cet endroit et qu'il pourrait y boire un thé, suite à quoi Simon a poussé un soupir au moment où le train est entré dans le tunnel qu'il emprunte juste avant d'arriver en gare de Sheffield. Ils ont passé les dernières minutes du voyage assis sans rien dire. C'est Alex qui a rompu le silence, alors qu'ils marchaient sur la passerelle qui mène vers la sortie de la gare, pour dire qu'il voulait simplement voir où son fils travaillait, que ça lui importait, que le travail faisait partie de Simon et qu'il voulait savoir qui était son fils, ce à quoi Simon a répondu « Ah, pourtant t'es jamais venu au centre d'appels » ; Alex a alors rétorqué « Ouais, mais là c'est différent, pas vrai ? », et quand Simon lui a demandé pourquoi, Alex a répondu « Parce que là, c'est un truc auquel tu tiens vraiment ».

Simon ne pouvait pas vraiment être en désaccord là-dessus ; il a continué d'y penser même après avoir laissé son père au Jardin d'Hiver et porté son sac au sommet de la colline escarpée qui menait au club. Jamais il n'aurait imaginé que son père viendrait jusqu'ici pour le voir. Sa mère peut-être, même pendant les années où ils ne s'étaient pas adressé la parole, et où elle lui avait envoyé un message deux ou trois jours après son anniversaire pour dire qu'elle était désolée, elle avait été très occupée ces derniers temps et espérait qu'il avait passé une bonne journée ; parfois il rêvait que c'était elle au bar, qu'elle était venue le voir sur scène ; parfois il imaginait son sourire. Il serait franchement étonné que son père arrive même à entrer. Il faudrait qu'il en touche deux mots aux videurs, qu'il invente une excuse, qu'il raconte que son père arrivait de loin pour lui rendre visite, que c'était une occasion spéciale et qu'il voulait le voir jouer. Simon pensait qu'enjoliver un peu l'histoire faciliterait les choses. Il s'est alors préparé étape par étape dans les loges, se rendant soudainement compte que s'il se maquillait, c'était pour être vu. Ce qui lui a semblé être une angoisse tout à fait ridicule vu le genre de clients du club, mais savoir que son père serait là, qu'il venait pour le regarder lui, même s'il n'allait absolument rien comprendre à quoi que ce soit, obligeait Simon à être parfait. Prêtant une attention supplémentaire à chaque détail, il a brossé sa perruque, enlevé les quelques peluches de sa robe, et quand son tour est venu de monter sur scène, que la musique a démarré, il est sorti des coulisses.

La cage, encore et toujours, est ce qu'il déteste par-dessus tout. Attendre que les visages émergent, les yeux plissés face à la lumière, entassés dans un espace à peine plus grand que sa cabane à outils. Devoir sentir l'odeur des autres hommes, leur épuisement, leur désir ardent d'arriver jusqu'au week-end, et leurs rêves, leur bière de trop un soir de semaine, leurs enfants, le thé de la veille. Puis vient la descente. Il s'était passé de l'eau sur le visage avant de partir, mais il lui semblait encore que la nuit s'était déposée sur ses épaules pour sécher. La terre qui s'élève partout autour de lui, derrière les barreaux, qui lui donne l'impression d'être un animal, avant que tout ne s'arrête aussi brutalement que s'ils avaient heurté un mur. Un homme, tel un commerçant au petit matin, vient leur ouvrir pour les laisser sortir. Il faut un certain temps à ses pupilles pour s'ajuster à ce nouveau réveil. Puis la marche. Les lampes frontales qui éclairent le chemin dans les tunnels. Le silence total, une dernière inspiration, l'espoir de récupérer le peu d'air qui reste de la surface. La préparation. Une fois sorti de la cage il peut au moins se mouvoir librement, dissiper la raideur dans ses genoux, échauffer ses épaules pour les préparer à se balancer, à piocher, à briser. Par moments, le bruit des courroies et des perceuses est tellement fort qu'il a l'impression qu'une bête vient à la vie des profondeurs de la terre, un monstre immense, affamé, qui s'avance vers lui à coups de griffes.

Notes de terrain : communauté

Nous décidons de nous séparer dans l'après-midi : la moitié de l'équipe va visiter le musée d'un petit village de la région, l'autre se dirige vers le château de Wentworth, où nous sommes désireux de rencontrer un groupe qui y pratique l'art en communauté.

Certains d'entre nous se rendent donc au musée Maurice Dobson. Le dénommé Maurice Dobson, originaire du village voisin, était un ancien mineur vétéran de la Seconde Guerre mondiale qui avait racheté l'épicerie en 1956 avec son compagnon Fred Halliday, rencontré à l'armée. À une époque où l'homosexualité était encore illégale, ils ont ouvert la boutique ensemble, dans un village où ils étaient fiers de vendre des produits de qualité aux habitants du coin. Les récits divergent quant à l'impact de leur arrivée dans la communauté ; certains se rappellent la tolérance ambiante, d'autres les habits de femme portés par Dobson, d'autres encore les groupes de jeunes qui les encerclaient, lui et son compagnon, pour les humilier. La boutique est devenue un musée où un mari et sa femme, tous deux bénévoles, nous accueillent un samedi matin ; l'homme, aux cheveux grisonnants, fait visiter le lieu à certains, quand sa femme, douce et discrète, prépare des petits gâteaux dans le café attenant pour le reste du groupe, tout en présentant les toiles d'un artiste local dont les œuvres sont exposées aux murs. Il s'agit de peintures abstraites ; des nuances de couleurs délimitent différentes parties d'un paysage, comme un champ, une route, le ciel.

Le musée possède une collection d'antiquités recueillies par Dobson lui-même, ainsi que des artefacts locaux en rapport avec l'industrie et la personnalité des villageois pendant les derniers siècles. Les élèves en visite scolaire constituent le public le plus fréquent et le plus important du musée, avec les résidents plus âgés qui se souviennent de Dobson et de l'épicerie qu'il tenait avec Halliday. Ce qui nous frappe avec ce musée, c'est son rôle fondamental de réceptacle d'histoires vécues et de savoirs locaux ; si le récit national propre à un lieu peut s'imaginer comme une longue plage, les objets individuels exposés dans des musées comme celui-ci sont les fragments rocheux ou minéraux que l'œil y vient polir.

Nous nous intéressons aux différents mythes de la création, à l'influence de l'histoire qu'un territoire raconte sur lui-même aux générations futures. Nous considérons également l'importance de la personne qui raconte ces récits. L'histoire, bien entendu, est tout sauf objective. Il n'y a pas qu'une seule voix dans un village.

Pour preuve, l'autre moitié du groupe rend visite à une équipe de « Comme à la maison », un réseau de soutien pour les réfugiés et demandeurs d'asile qui sont d'abord hébergés dans la ville avant de décider, soit de rester, soit de se rendre dans d'autres communes où ils ont davantage de contacts familiaux ou nationaux. Le groupe se réunit une fois par semaine, parfois pour des séances d'écriture ou de travaux manuels, parfois pour des initiatives autour de la santé publique ou du logement, parfois pour simplement discuter et échanger sur la semaine qu'ils viennent de passer. Les membres viennent d'Amérique du

Sud, d'Afghanistan, de Syrie, d'Irak, ou encore d'Europe de l'Est. Pour certains, l'anglais faisait déjà partie des langues qu'ils maîtrisaient, pour d'autres les progrès sont visibles de semaine en semaine.

Nous rejoignons une session au cours de laquelle le groupe travaille sur un projet manuel destiné à une exposition qui se tiendra dans un jardin public de la ville ; ses membres utilisent les souvenirs de leur pays natal ainsi que leur fleur nationale pour concevoir un drapeau qui le célèbre. Enfants et bébés sont bienvenus dans le groupe ; les plus grands jouent ensemble, mais les plus jeunes restent auprès de leurs parents, qui discutent de leurs créations sur de longues tables en plastique installées au centre de la pièce. Parfois, quand quelqu'un doit aller aux toilettes ou souhaite utiliser la kitchenette attenante pour se refaire du thé, un bébé est confié à quelqu'un d'autre ; de la même façon, des adultes se relaient pour animer des jeux ou aller se promener avec les enfants plus âgés.

Nous remarquons que l'un des récits qui émergent très souvent dans les espaces post-industriels comme cette ville suggère que les communautés n'existent plus comme avant, que le déclin de l'industrie lourde a entraîné leur propre déclin. Nous sommes en désaccord sur ce point, et considérons qu'il s'agit plutôt de réévaluer la façon dont nous envisageons la nature d'une communauté.

Entre deux numéros, ou lorsqu'une nouvelle drag queen luttait pour maintenir l'attention de la salle ivre morte, Simon se contentait de rester dans sa loge pour se regarder dans le miroir. Pendant ce genre de moments, en drag intégrale, il était à la fois lui-même et tout sauf lui-même. Ses yeux restaient les mêmes, bien que plus grands et plus ronds sous l'effet du maquillage. Son visage restait le même, bien que plus anguleux, les contours redessinés pour sembler plus nets. Sous une certaine lumière, affublé de certaines perruques, il devenait sa tante ou sa grand-mère. Non pas tout à fait lui-même puisqu'il était Puttana, plus impétueuse, plus imposante, plus bruyante que Simon, et pourtant il se sentait plus lui-même, puisqu'il exprimait enfin tout ce qu'il avait cherché à cacher pendant si longtemps.

À l'école, il avait tellement peur que les gens ne découvrent ce qu'il avait en lui que chaque jour devenait une épreuve destinée à tester son endurance, sa capacité à rester en apnée, à ne pas se faire voir, à être silencieux, docile, dans l'espoir de ne surtout pas se faire remarquer. Toute cette extravagance, cette comédie, ce courage vivaient déjà en lui, mais une fois dans le club, en perruque et talons hauts, il n'avait plus besoin de les cacher, il pouvait les laisser rugir du plus profond de lui-même, les laisser l'embraser, les laisser le consumer. Il ne portait pas de « costume », pensait-il souvent, en ce sens que le terme renvoyait plus à un genre de déguisement, à l'idée de se cacher, alors qu'à présent, face au miroir, il se sentait plus lui-même que jamais. C'était lui, c'était lui enfin.

Simon savait bien qu'il pouvait explorer des mondes de drag différents, loin des shows télé, loin des enterrements de vie de jeune fille et des bandes d'amis ivres morts. Il savait que le drag pouvait être plus politique, plus subversif, qu'il était capable de faire émerger des choses autrement destinées à être cachées. Qu'est-ce que son prof d'anglais avait dit une fois ? Que le fou dans Shakespeare est toujours porteur de la vérité. Et qu'il parlait presque tout le temps avec l'accent du

Yorkshire, se souvenait Simon, parce qu'apparemment les gens trouvaient ça plus drôle.

Le drag était un art mais l'art avait un coût. Donc en attendant, il restait les vidéos OnlyFans, la réponse aux appels téléphoniques de gens qui souhaitaient parier plus d'argent sur une seule course hippique que Simon n'en avait jamais vu dans toute sa vie, et puis il y avait quelques nuits comme celle-ci, où il retrouvait sa loge étroite, son miroir, sa scène. Il se faisait applaudir, parfois même acclamer. La plupart du temps, il se faisait surtout ignorer par des clients éméchés qui discutaient fort aux tables du fond, sans chercher à lui prêter la moindre attention. Il reprenait alors une profonde inspiration, s'avançait sur le plancher de la scène légèrement surélevée, et sentait la lumière déferler sur lui, comme une vague, jusqu'à ne voir plus qu'elle.

Ce soir, il s'est délibérément avancé plus que d'habitude, de sorte que les lumières lui tombaient sur le haut du crâne plutôt que directement dans les yeux. Il n'a pas vu son père tout de suite, et en a donc déduit qu'il s'était dégonflé, qu'il était allé se saouler ailleurs ou fumer dehors en attendant de savoir s'il aurait le courage d'entrer ou non. Simon a commencé son playback tout en parcourant la salle du regard, et c'est alors qu'il l'a vu, installé sur un tabouret de bar au fond, une pinte à la main, en train de regarder la scène, trop loin pour deviner l'expression sur son visage, mais il était bien là, le regard tourné vers lui, vêtu d'une chemise qu'il trouvait plutôt élégante, mais toujours avec ces putains de bottes qu'il tenait à porter tout le temps, quelle que soit l'occasion, et alors Simon s'est figé un instant, mais un instant seulement, avant de retourner à sa chanson, d'en savourer chaque mot, d'en dessiner les paroles par de grands gestes des bras, de s'avancer dans les volutes grises qui s'échappaient de la machine à fumée posée au sol. La plupart des gens discutaient en regardant à moitié, mais certains chantaient avec lui, imitaient ses mouvements, sans parler des vieux habitués et de ceux qui venaient pour la première fois, entièrement happés par le numéro. Et puis il y a Papa, s'est dit Simon en terminant par un grand geste ample, avant que le DJ ne lance un premier morceau et que tout le monde ne se lève pour danser.

Il a envoyé un message à son père pour lui dire de l'attendre dehors le temps qu'il se change, et qu'ils pourraient partir tout de suite après. Il avait auparavant demandé l'autorisation à son manager de ne pas rester ce soir-là et de juste rentrer chez lui. Son père lui a répondu qu'il était bien au bar, qu'il n'avait pas encore fini sa pinte, et son verre n'était toujours pas vide quand Simon est sorti des coulisses. Un homme se tenait à côté de lui, légèrement penché vers Alex qui était en train de dire quelque chose, comme s'il avait du mal à bien l'entendre dans tout le bruit du club. Simon se sentait désorienté ; il n'avait pas l'habitude d'être là, au milieu de tous ces gens occupés à danser. Il passait plutôt ses soirées en coulisses et sur scène, qu'il quittait par la sortie de secours. En voyant Simon approcher, Alex s'est détourné de l'homme avec lequel il discutait, a englouti la fin de sa pinte, puis s'est levé. Simon s'est avancé vers son père, a pris une grande inspiration, puis lui a demandé, de la façon la plus détendue possible, comme s'il parlait d'un match de foot :

« Alors, t'en as pensé quoi ? Et on dirait que tu t'es fait un ami, en plus. »

Simon avait encore le visage tout rouge après s'être démaquillé, ce qui lui a permis de dissimuler son embarras.

« Il voulait juste savoir l'heure, c'est tout ; je crois qu'il attendait quelqu'un qui lui a posé un lapin, le pauvre. »

Simon a jeté un bref coup d'œil au type du bar, avant d'en revenir à son père.

« Allez, dis-moi ce que t'en as pensé.

— J'en ai pensé que t'as du courage », a répondu Alex en souriant, comme si ce mot se passait de toute explication.

Ils sont repartis ensemble en discutant sereinement de la soirée ; Alex a alors suggéré qu'ils aillent directement au club en arrivant à Barnsley, et comme Simon se sentait parfaitement bien avec son père, comme il n'avait absolument pas envie que ce moment se termine, il a dit oui, bien sûr, et évidemment, oui, il proposerait à Ryan de les rejoindre. Son père lui a posé des questions sur son nom de drag ; il a donc essayé de lui expliquer le jeu de mots, et quand son père lui a demandé d'où il venait, Simon lui a parlé de la pièce de théâtre qu'il avait jouée à la fac, dans laquelle Puttana était un personnage à la fois drôle et sexy, et qu'il avait donc décidé de partir là-dessus. Alex lui a avoué qu'il trouvait que ça n'avait pas vraiment de sens, que ça ne disait rien sur qui il était au fond, ce à quoi Simon a répondu que c'était l'idée, devenir quelqu'un d'autre. Ils sont restés assis un long moment avant qu'Alex ne reprenne la parole, en demandant si son nom de drag ne devrait pas être quelque chose d'un peu plus local, s'il n'avait pas plus envie d'être fier de ses origines. Simon a donc demandé à son père ce qu'il avait en tête, ce à quoi il a répondu je sais pas, tu vois, quoi, un nom qui fasse vraiment drag queen de Barnsley, alors Simon a proposé Cheryl Charbon, et Alex La Grosse Foreuse, ce qui les a fait éclater de rire, puis Simon a suggéré Martha Scargill, du nom du syndicaliste, suite à quoi ils sont juste restés assis pendant un long moment, avant d'exploser de rire à nouveau.

Simon s'était attendu à se faire sermonner sur le fait que tout ça n'était pas un vrai métier, est-ce qu'il s'était renseigné sur le poste de manager au travail, que ce serait bien pour lui, et que tu sais bien que ça dérange pas vraiment les autres, mais bon là tout est si gros, si exagéré, si *visible*. Il avait craint que son père soit tellement tendu, et qu'il se sente tellement peu à sa place qu'alors il ne boive beaucoup trop et commence à parler de sa mère, qu'il balance les moitiés de phrases qu'il marmonnait parfois quand il avait picolé, « si elle s'était pas barrée », ou « si on était restés ensemble », « si j'avais pas… ».

Mais il n'y a rien eu de tout ça ; au contraire, Simon a perçu une sorte de légèreté qu'il n'avait pas sentie en lui depuis des années, entre autres grâce aux blagues qu'il faisait toujours sur la voix snob que les annonces automatiques prenaient en annonçant Wombwell et Elsecar au moment d'égrener la liste des arrêts. À Chapeltown, un groupe de jeunes est monté ; ils les regardaient fixement à chaque fois qu'ils se mettaient à rire. Simon a vu le moment où Alex a croisé le regard de l'un d'entre eux, après quoi son père lui a semblé plus calme ; toujours lui-même, mais peut-être plus petit.

Surveillance : caméras

Aucun des trois, qu'il s'agisse d'Alex, de Simon ou de Ryan, n'avait été assez sobre pour clairement raconter à Trip ce qui s'était passé, bien qu'il ait réussi à reconstituer une partie de l'histoire à l'aide des fragments bredouillés par chacun à leur arrivée au club. Quelques années auparavant, il y avait eu des problèmes d'incivilités commises à l'extérieur par des gamins qui renversaient les poubelles ou déclenchaient des feux dans la zone fumeurs, alors il avait investi dans du matériel de surveillance. Ce n'étaient pas des caméras de sécurité à proprement parler, elles coûtaient trop cher, mais de petites caméras discrètes qui fixaient leur objectif sur des zones spécifiques de l'intérieur et de l'extérieur du club. Il en avait installé une juste au-dessus de l'entrée latérale, pour surveiller le trottoir au niveau de l'arrêt de bus. Certains de ses vieux habitués n'aimaient pas trop attendre là dehors tout seuls après la fermeture du club, surtout en hiver quand il faisait sombre, donc tout ce dispositif servait plus à les rassurer eux qu'autre chose. Ce soir-là, une fois les derniers clients partis et toute l'excitation retombée, il a fait examiner les images de la caméra.

Alex est appuyé contre le poteau de l'arrêt de bus, Ryan et Simon se tiennent la main. La lumière crue du lampadaire combinée à la mauvaise qualité de la vidéo confère une sorte d'aura à leurs silhouettes, comme si elles rayonnaient d'une lumière angélique. La caméra montre trois têtes qui se tournent d'un seul coup vers la route, comme si elles venaient d'entendre un bruit soudain, puis qui reviennent à leurs affaires, avant que Simon ne se retourne à nouveau. Il fait un pas là où le bus s'arrête d'habitude ; Ryan le retient. On voit des bras se lever, un doigt d'honneur lancé par Alex, Ryan qui pointe quelqu'un en secouant la tête, Simon qui se tient moitié sur la route, moitié sur le trottoir.

Ils restent ainsi de longues minutes ; ce qui les avait provoqués hors champ semble s'en aller, mais à un moment Alex traverse la rue. L'angle de la caméra est trop faible, ce qui veut dire qu'on ne voit pas ce qu'il fait, mais au bout de trente secondes il revient dans le cadre en titubant, comme si on l'avait poussé. Il y retourne, se fait de nouveau repousser. Il se tient très droit à présent, il n'est plus du tout voûté, et malgré l'image pixelisée, on remarque bien qu'il essaie de gonfler le torse, d'élargir sa carrure, d'occuper plus d'espace.

Trip voit alors deux hommes, Alex et un autre, revenir en chancelant. À première vue on croirait qu'ils se prennent dans les bras, qu'ils se balancent d'avant en arrière, mais on voit alors Ryan chercher à s'interposer, puis Simon le tirer vers lui pour qu'il recule. Lui et Ryan tendent les bras en signe de paix, tout en faisant de petits mouvements des mains, paumes vers le bas, dans un appel au calme. La situation s'apaise, on pourrait croire que leur approche a fonctionné, mais la vidéo montre alors Alex repousser l'autre homme plus violemment, de sorte qu'il passe de nouveau hors caméra.

Alex recule, se tourne vers Ryan et Simon, leur pose une main sur l'épaule. L'autre homme revient dans le champ, main levée, puis Alex se fait projeter contre le poteau de l'arrêt de bus contre lequel il était appuyé quelques instants plus tôt, après quoi Simon et Ryan parviennent à repousser l'étranger. Ils essaient de retenir Alex, qui cherche à se diriger vers la silhouette désormais étendue par terre, sur le dos, les jambes visibles, mais le torse et la tête hors caméra. Trip regarde Alex s'asseoir à califourchon sur l'homme, reculer le bras puis le relâcher, encore et encore, son poing s'écrasant quelque part juste en dehors de l'image, encore et encore, son poing maintenu très haut avant de retomber comme une pioche. Ryan et Simon le relèvent, Ryan se retourne pour crier quelque chose en même temps qu'il fait rentrer Alex dans le club en le poussant par la porte.

Trip a gardé la souris sur le dossier pour le faire glisser dans la corbeille. Il a ensuite demandé à l'ordinateur de le supprimer définitivement.

Surveillance : rumeurs

Bon d'accord, personne sait vraiment ce qui s'est passé, expliquait l'un des habitués à sa mère après avoir vérifié que son aide-soignante avait bel et bien été appelée cette fois, enfin est-ce qu'elle en était sûre, bon bref il était bourré en partant, enfin pour être honnête il était déjà bourré en arrivant, Alex je veux dire, vu qu'il était allé voir le truc de Simon à Sheffield, tu sais les spectacles qu'il fait ou je sais pas quoi, et y avait le type de l'Alhambra qui était resté ici pour boire un verre en les attendant, ils allaient presque arrêter de prendre des commandes quand les deux sont arrivés, mais ils ont quand même réussi à s'enfiler quelques verres, et on était sur le point de finir genre, quand y a eu tout un bordel ou je sais pas quoi, des gens qui se sont mis à crier, je comprenais rien à ce qui se passait, et alors Alex revient à l'intérieur, et puis c'est au tour de Simon et l'autre type, qui est arrivé un bras sur chacune de leurs épaules, en pissant le sang en plus. Alors évidemment Trip va direct le voir, il lui tend un chiffon qui traînait sur le bar pour arrêter les saignements, et je me souviens que je me suis dit mon Dieu ça doit vraiment puer ce truc, et ensuite les quatre vont s'asseoir dans l'alcôve du fond, Alex garde la tête bien en arrière, les quatre parlent tous en même temps du coup je comprends rien à ce qu'ils disent, c'est comme un gros brouillard de mots en fait, mais Trip m'a ensuite dit qu'ils étaient tombés sur un toxico qui venait du Rec et qui avait vu Simon et Ryan se tenir la main en attendant le bus, et apparemment Alex leur avait dit de faire un peu gaffe, de pas trop attirer l'attention quand même, mais Trip m'a dit que Simon avait regardé son père comme s'il venait d'un autre siècle ou je sais pas quoi, et alors Trip a rien dit parce que tu sais à quel point il déteste le conflit, donc bref, ensuite Ryan a pas arrêté de dire qu'il fallait appeler la police, qu'il fallait porter plainte pour coups et blessures, mais Alex a répondu qu'il était juste tombé contre le poteau de bus, alors Simon lui a dit non Papa, t'as été poussé, et Ryan a ajouté que ouais, c'était un cas de coups et blessures, et peut-être même de trouble à l'ordre public à cause des insultes qu'il nous a balancées à Si et à moi, alors Alex a répondu peut-être, mais moi alors, c'est quoi ce que je lui ai fait, et ils ont tous répondu que c'était de la légitime défense, et Trip a dit qu'Alex a fait une tête bizarre, comme s'il lui avait fallu un moment pour comprendre qui était « Si » parce qu'il était pas habitué à l'appeler comme ça, alors Alex a continué d'insister, toujours avec une voix nasillarde bizarre vu qu'il se pinçait le nez pour arrêter de saigner, il voulait pas du tout que les flics viennent ici, et de toute façon qu'est-ce qu'ils allaient faire, et alors Trip admet que Ryan arrive pas à se rentrer ça dans la tête, il continue de dire M. Banks, en utilisant son nom de famille pour l'impressionner, vu qu'il est avec Simon maintenant pas vrai, donc bon il arrête pas de lui répéter M. Banks vous venez de vous faire frapper, par quelqu'un qui était visiblement drogué en plus, donc on ferait mieux d'appeler la police, et pendant tout ce temps Simon dit pas vraiment grand-chose, il continue juste de tenir l'espèce de chiffon dégueulasse contre le nez de son père, et Trip finit par dire qu'Alex propose d'appeler Brian pour qu'il vienne ici et qu'il ramène son frère chez lui, mais Ryan arrive toujours pas à se rentrer ça dans la tête, et Alex dit que la dernière fois qu'il s'est retrouvé à proximité de policiers, il a fini avec bien pire que le nez en sang, et donc bref, Trip dit que ça a bien calmé Ryan.

En rentrant chez lui ce soir-là, une fois assis sur son canapé, voici ce dont Alex se souvient. La main de Simon dans celle de Ryan. Un cri poussé de l'autre côté de la rue. Du bruit, encore et encore. Le bras de cet homme qui s'avance vers lui, le poteau de l'arrêt de bus, l'arrière de sa tête qui en heurte le métal. Quelque chose qui se déchire. Il sent des mains, sans savoir à qui elles sont, le prendre par le col, par le dos, pour le tirer en arrière. Il voit le chiffon crasseux de Trip s'approcher de son visage comme si on cherchait à l'étouffer. Il voit les taches de bière par terre, les lumières du club à travers le tissu en lambeaux. Par moments cette main levée devient un bâton, parfois une matraque, parfois le bruit de sa tête contre le métal devient celui d'un bouclier qu'on vient frapper. Parfois le moteur d'une voiture qui passe devient un cri. Par moments, il a l'impression que le vent souffle tout autour de lui, que chaque bourrasque vient lui heurter le visage, avant de se dissiper.

Il sort et pénètre dans le long couloir de l'aube naissante ; la rue s'étend en contrebas, lui indiquant sa destination. Au-dessus, le ciel est une fournaise ardente quand, trois maisons plus bas, Pat vient de refermer la porte de chez lui. Encore quelques portes plus loin, il y aura Harry, mais aujourd'hui Frank ne sera pas là car il s'est blessé à la jambe, alors ils seront un de moins à tourner à l'angle, Skip ayant déjà pris de l'avance sur eux, qui sont trop épuisés ne serait-ce que pour songer à le rattraper. Personne ne parle ; ils saluent de la tête ceux qui les rejoignent, puis continuent leur route. De plus en plus d'hommes sortent de chez eux en tombant, leur visage fatigué attendant d'être noirci. Quelqu'un siffle ; un autre tousse. Parfois, certains s'arrêtent pour s'adosser un instant au muret d'un jardin, prétextant une vérification de leur gamelle ou l'envie de profiter encore un peu de leur roulée, dont ils recrachent la fumée par salves brusques dans l'air. Personne ne les attend. Ils portent sur les épaules un village encore endormi, indifférent à cette procession des épuisés vers une destination inéluctable. Un jour, l'un des hommes dit qu'il entendait le chuchotement du charbon. Un autre lui répondit d'arrêter de raconter n'importe quoi. Et sous leurs pieds, à un kilomètre, d'autres hommes, leur souffle uni au souffle du sol, leur sueur coulant de leurs sourcils comme des gouttes de temps.

Simon avait lu quelques commentaires en ligne sur les adeptes de ce qu'Internet appelait le « Thatcher Drag » ; beaucoup de remarques semblaient souligner le fait que même l'univers du drag continuait de la glorifier, de l'adoucir, d'en faire un personnage comique, jusqu'à effacer ce qu'elle avait pu infliger à des villes comme la sienne. Il est allé s'asseoir au salon, Ryan étant parti au travail depuis peu, en oubliant une tasse de café refroidi sur la table de la cuisine, plutôt une table de balcon d'ailleurs, sauf que son appartement n'avait pas de balcon, seulement des barreaux aux fenêtres qui, de loin, sans effet de profondeur, pouvaient donner l'illusion qu'il y en avait un.

Simon, en train de brosser sa perruque, se concentrait sur les longues mèches qui ondulaient à l'arrière pour être sûr d'en retirer tous les nœuds et épis. Un mannequin en polystyrène coiffé des cheveux de Thatcher sur les genoux, un jeu télé de culture générale à l'écran. Le candidat pouvait remporter jusqu'à 2 000 £, et il expliquait qu'il les dépenserait pour payer un voyage à sa mère parce qu'ils n'avaient jamais pu s'offrir de vacances quand il était petit. Eh bien, je vous souhaite toute la chance du monde, disait le présentateur, c'est vraiment un projet très généreux, pas vrai tout le monde ? Très bien, les catégories sont les suivantes : voitures, fleurs, océans, ou footballeurs, laquelle choisissez-vous ?

Simon avait immédiatement écrit à son père. Son oncle Brian avait trop bu et n'avait donc pas réussi à venir, ce qui avait forcé Simon et Ryan à faire rentrer Alex en taxi après lui avoir demandé s'il lui fallait quoi que ce soit, mais il avait répondu que non, tout allait bien, c'était qu'une petite bosse, qu'un peu de sang, pas la peine qu'ils s'inquiètent, alors ils avaient compris qu'ils devaient s'arrêter là et le laisser partir. Il avait répondu le lendemain matin en disant qu'il allait bien, avant de demander comment lui et Ryan se sentaient. On devrait jamais avoir à vivre ce genre de trucs, avait ajouté son père, je sais bien que vous faisiez que vous tenir la main, mais vous devriez faire plus attention. Peut-être même, avait-il continué, qu'il pourrait songer à demander à Trip de reporter le spectacle. Et si quelqu'un devenait vraiment agressif, et que tout partait en vrille ?

Chaque mouvement du bras de Simon, chaque geste, maintenait un peu plus les cheveux en place ; il les avait rabattus bien en arrière du visage, comme un casque, pour faire apparaître les deux célèbres boucles d'oreilles en perle qui brillaient comme un bouclier. Tout en les brossant, il s'est dit que ce n'était pas forcément vrai, qu'incarner Thatcher n'impliquait pas forcément de la glorifier. Un cheveu s'est alors redressé dans la lumière, flottant comme un foulard sous l'effet de la brise, jusqu'à ce qu'il le pince entre ses doigts pour le rabattre avec les autres.

Il s'est souvenu que lorsqu'elle était décédée, les gens étaient descendus dans la rue, certains allant même jusqu'à brûler son mannequin. Le numéro de Simon ne serait en rien une effigie, mais peut-être que le fait qu'un homme gay répète les mots de son discours sur la section 28 montrerait qu'elle aussi avait incarné un personnage, qu'elle savait que le genre était malléable, qu'elle avait même suivi des entraînements pour que sa voix devienne plus grave, qu'elle travaillait constamment sa posture. Parce que peut-être, s'est-il dit, alors même que le candidat de l'émission de télévision qui voulait emmener sa mère en vacances répondait à tort que Beckham, et non Ronaldo, était le joueur de foot le mieux payé de l'histoire, et que le présentateur le regardait comme s'il voulait lui faire comprendre qu'il s'apprêtait à donner la mauvaise réponse sans avoir le droit de lui dire quoi que ce soit, se contentant alors de lui répéter est-ce votre dernier mot, en êtes-vous vraiment sûr ? Parce qu'il n'avait pas d'autre choix que de laisser la scène se dérouler sous les grognements du public, de saluer le candidat qui retournerait chez lui avec un trophée mais pas d'argent, parce que peut-être, s'est dit Simon, si le moindre obstacle apparaissait, si quelqu'un prononçait des mots légèrement différents, alors la roue se mettrait à tourner doucement dans l'autre sens, ne serait-ce que pour une nuit.

Brian avait envisagé de ne pas se rendre à la troisième et dernière séance, mais il aimait bien terminer les choses. Aujourd'hui, l'équipe n'avait rien prévu de spécial, expliquaient-ils, mais ils avaient pensé qu'il pourrait être bon de se réunir à nouveau pour « régler les derniers détails » et peut-être même « préparer le terrain pour la suite ». Deux des autres types étaient également revenus, tout comme la bénévole de la banque alimentaire. Ils tenaient tous un porte-bloc où était maintenue une feuille de papier semblable à celle reçue lors de la première session, mais avec des questions subtilement différentes cette fois. « Que pensez-vous avoir appris ? » au lieu de « Que souhaiteriez-vous apprendre ? » ; « Vos souvenirs de la ville, de la grève ou des mines ont-ils changé à la suite du travail entrepris ensemble ? » au lieu de « Quels sont vos souvenirs de la ville, des grèves ou des mines ? » Ils avaient laissé un espace libre en bas de page, où chacun était censé écrire une phrase ou une remarque faite par quelqu'un et qui les avait marqués.

Brian a alors regardé les deux autres, trop occupés à compléter la fiche pour le remarquer, puis les universitaires qui, restés au niveau de la bouilloire, s'efforçaient de ne pas avoir l'air de regarder, de ne pas vérifier où ils en étaient. Brian s'est surpris à vouloir répondre honnêtement, à se remémorer le vers d'un des poèmes, ou le nom des anciennes boutiques. Il s'est mis à noter les quelques mots de dialecte qu'ils avaient listés lors d'un exercice, des mots auxquels il n'avait plus pensé depuis des années, des mots qui dataient de l'époque où ses parents étaient encore en vie. Des mots qui lui procuraient la même sensation qu'un trésor retrouvé ; un peu comme ce bataillon romain qu'ils avaient déterré dans le village en bas de la route, un morceau d'histoire, enfoui sous la surface, reconnaissable bien que différent. Des mots comme *chelp*, *morngy* ou *laik*. Brian adorait se les remémorer, parce qu'il revoyait alors la forme exacte prise par la bouche de son père lorsqu'il les prononçait, la façon exacte dont sa mère inclinait la tête quand elle les entendait. C'étaient des mots physiques, des mots qui provenaient du corps, du sol, des mots qui avaient été vécus bien avant d'être articulés.

En revanche, il y avait ce je-ne-sais-quoi qu'il voulait écrire ; ils avaient laissé un assez grand espace sur la page, qu'il éprouvait l'envie irrépressible de remplir. Il y avait ce truc dans les exercices de poésie qu'ils avaient faits, quand ils avaient utilisé les cartes. Le poète qui était venu leur avait demandé de prendre pour sujet des choses en les présentant comme elles étaient avant, comme elles étaient maintenant, et comment elles pourraient évoluer à l'avenir et, par une formulation assez vague, il avait dit « maintenant essayez d'unifier tout ça ». Brian n'avait d'abord pas trop su quoi faire, il n'était pas sûr d'avoir bien compris la consigne et avait donc cherché des mots qui rimaient, mais à un moment, d'un seul coup, il y a eu comme une apparition dans son esprit sans qu'il comprenne d'où elle venait, et il a alors écrit ce qu'il écrivait de nouveau maintenant.

Fermeture de la mine : nous continuons d'y sombrer

Les abonnés du compte OnlyFans de Simon ont reçu un message annonçant la sortie d'une « nouvelle vidéo géniale » qu'il publierait à 20 h. Ceux qui se rendaient sur son compte Twitter pour retweeter la capture d'écran de son corps à côté de celui de Ryan pourraient participer à un tirage au sort dont le prix était un mois d'abonnement gratuit ainsi qu'un « merci très spécial » qui leur serait envoyé directement par mail. Ce « merci très spécial » était une vidéo que Simon avait déjà enregistrée, pour laquelle il avait placé son téléphone par terre pour être filmé en contre-plongée ; la caméra frontale était allumée, de sorte qu'il puisse se regarder pendant l'enregistrement. Il y porte des chaussettes de football blanches qui lui remontent aux tibias et un slip kangourou, c'est tout. On le voit alors se pencher doucement vers la caméra, dans une séquence où, en observant avec suffisamment d'intérêt, on remarque qu'il s'efforce de rentrer le ventre, tentative désespérée pour préserver sa silhouette tout en se pliant vers son public. Simon leur fait alors un clin d'œil en prononçant le mot « merci », avant d'avancer le pied de plus en plus proche de la caméra pour la renverser d'un coup et faire que l'écran devienne tout noir.

Il avait dû envoyer la vidéo à une douzaine de personnes qui avaient suivi ses instructions sur Twitter, et avait gagné deux ou trois abonnés ; il s'approchait dangereusement de la centaine de followers, ce qui lui faisait craindre d'être un jour reconnu par quelqu'un. Maintenant qu'il était 20 h, Simon a cliqué sur le bouton qui diffusait sa vidéo aux abonnés ; il l'imaginait un peu comme une pièce qu'on insère dans les bornes d'arcade, qui tomberait le long des câbles invisibles d'Internet avant d'atterrir dans le téléphone, l'ordinateur ou la tablette des gens. Le moment de présenter son numéro au club devenait tellement imminent que toute distraction était la bienvenue.

Ceux qui, sous l'effet de l'empressement, ont directement ouvert la vidéo ont été accueillis par l'image d'une armoire à glace. Deux portes, dans lesquelles se reflétait une caméra installée sur un trépied, qui se filmait donc elle-même. Simon apparaît à l'image, il s'approche de l'armoire, de sorte que le reflet le montre torse nu en train d'avancer vers lui-même ; dans l'objectif, par lequel les abonnés voient la scène, il donne l'impression de s'éloigner. Une autre silhouette semble rôder dans un coin de l'image, tapie dans l'ombre, jusqu'à s'approcher un peu plus au centre, sous un angle qui ne permet de voir que Simon ; seul le miroir reflète les deux corps. Simon et Ryan. Ou, pour les abonnés, Simon et un inconnu. Ryan, en caleçon noir moulant, torse nu, le duvet sur son torse qui apparaît comme un léger flou à l'écran, se fait mettre une cagoule sur le visage. La cagoule implique l'interdiction de s'embrasser, l'absence presque totale de son ; Simon entre alors de profil dans le champ, comme sur une pièce de monnaie, puis le caleçon est lentement baissé jusqu'aux chevilles, après quoi Ryan jaillit à moitié dur dans la main impatiente de Simon. Celui-ci fixe alors la caméra tandis que la bite de Ryan semble lui forcer la bouche. Ryan vient poser une main sur la tête de Simon, lève l'autre pour saisir un téléphone, puis se met à filmer en plongée à partir de son torse. Les abonnés profitent alors de cet autre point de vue, la caméra étant suffisamment proche pour qu'on distingue de petits morceaux de peluche noire collés à la main de Ryan quand il la passe dans les cheveux de Simon ; des restes de la cagoule enfilée à la hâte avant de commencer à filmer.

Si les abonnés regardaient la vidéo jusqu'au bout, ils pourraient les voir reculer face au trépied, un visage apparent et un autre caché, reflétés dans le miroir, puis à la toute fin, après leur orgasme, les voir revenir face à la caméra du téléphone en s'embrassant, le doigt pointé vers leurs pieds où la cagoule, roulée en boule, gisait au sol.

Dans la version initiale que Simon conservait toujours sur son portable, il y a un moment où Simon prend le téléphone des mains de Ryan et le tourne vers lui, et où on voit Ryan sourire, presque éclater de rire, de petits morceaux de laine provenant de la cagoule encore collés à son visage en sueur comme la barbe naissante d'un adolescent. Simon zoome sur lui jusqu'à ce que l'image soit totalement floue, jusqu'à ce qu'on ne puisse plus rien voir, avant d'appuyer sur stop.

Brian était à moitié en train d'écouter la conversation du groupe, à moitié en train de penser à autre chose, ce qui faisait que les mots lui arrivaient par intermittence, comme si le réseau était mauvais. Il entendait surtout les phrases-clés : « nous avons essayé d'emprunter différents chemins », « nous voulions en apprendre plus sur l'héritage, sur l'impact réel », « parfois la vérité apparaît différemment selon les personnes », « vous l'avez vraiment vécu, ce n'est pas un simple article de journal ».

Brian a poussé un soupir, sans doute plus fort que ce qu'il pensait, de sorte que tout le monde s'est retourné vers lui. Il a dit qu'il était désolé, avant de recommencer à regarder ses pieds. Les universitaires ont repris leur conversation, s'adressant parfois au groupe mais surtout à eux-mêmes, s'est dit Brian. La phrase qu'ils ont ensuite prononcée lui a de nouveau fait lever les yeux : « quand nous étions là-bas, pour des travaux similaires, leurs souvenirs étaient plutôt tristes aussi, mais l'un des participants… », ils disaient toujours participants pour parler des personnes, « … eh bien, l'un des participants a affirmé que cette grève avait été le meilleur moment de sa vie ».

Des murmures se sont alors élevés, sans que Brian ne sache trop quoi dire ; puis un mot lui est apparu. « Communauté », a-t-il suggéré, avant même de comprendre ce qu'il faisait. Tout le monde l'a regardé. « Il parlait sans doute de communauté, pas vrai ? La soupe populaire, la solidarité, le sentiment de lutte. Vous savez, on est même passés aux infos deux ou trois fois, je m'y suis vu, enfin j'ai vu l'arrière de ma tête plutôt, mais je me souviens que ma mère m'a appelé pour me demander "C'est pas toi, là ?" et alors j'ai répondu "Je crois bien que si". À la BBC en plus. Jamais ça serait arrivé en temps normal. » Personne n'a réagi, le silence s'est installé à nouveau, mais cette fois Brian a eu le sentiment qu'il avait un moyen de le rompre. « On avait l'impression d'être tous dans le même bateau, vous voyez l'idée ? » Le plus jeune des universitaires a levé les yeux de son bloc-notes.

« C'est une phrase qu'on a beaucoup entendue ces dernières années, hein, qu'on est tous ensemble.

— Ouais, a répondu Brian, qui sentait sa voix grandir en lui, mais quand ils le disent, ils pensent à eux-mêmes en fait, vous croyez pas, ils sont tous dans le même bateau, contre nous, contre les gens comme nous, mais là, à l'époque, on était vraiment tous ensemble, pas vrai ? »

Un autre homme, assis sur une chaise en plastique défraîchi, a répondu calmement : « C'est ça, voilà, enfin si tu traînais avec les bonnes personnes. Je me souviens pas que les syndicats m'aient jamais filé de colis de nourriture ou d'argent, pas dans le coin où j'habitais en tout cas. »

Le jeune universitaire, sentant sans doute une tension croissante qu'il voulait apaiser avant qu'il ne soit trop tard, est alors intervenu : « C'est là le cœur de ce qui nous intéresse, je crois : les récits personnels d'une époque pour laquelle il existe tellement de récits dominants ; c'est pour ça que toutes ces histoires, ces autres vérités, ces fragments d'expériences personnelles tombent dans l'oubli, écrasés sous le poids d'un récit hégémonique. » Brian a de nouveau soupiré, mais cette fois, quand tout le monde l'a regardé, il n'a pas baissé les yeux, et il n'a pas dit désolé.

« Vous arrêtez pas d'utiliser le mot récit, a-t-il continué, sans regarder qui que ce soit en particulier. Vous arrêtez pas de parler de vérité, de nous demander toujours les mêmes trucs sous des angles différents. C'est quoi que vous attendez de nous au juste ? »

Brian parlait plus fort que ce qu'il avait prévu.

« Vous voulez qu'on vous raconte quoi comme histoire ? » Sa chaise grinçait contre le sol, comme pour renforcer ses propos.

La façon dont le groupe regardait Brian lui rappelait la façon dont Simon l'avait regardé quand il était enfant, comme s'il attendait que son oncle lui dise ce qui allait se passer ensuite.

Il se baisse pour ramasser quelque chose à ses pieds quand ça se produit, de sorte que, pendant une fraction de seconde, il est encore conscient alors que tous les autres sont déjà enterrés. Ça déferle sur eux comme une vague, comme s'ils se trouvaient déjà sous une vague et que cette vague avait décidé de se briser sur eux, encore et encore. D'abord l'acier et le bois, qui s'écrasent comme des navires contre un rocher, puis les pierres, les gravats et toute la terre, droit sur eux, comme une lumière qu'on éteint, et puisqu'il s'est baissé, pendant une fraction de seconde il voit encore Pat se plier comme un accordéon, il voit le nouveau se jeter au sol, les bras sur la tête, et même s'il sait pertinemment que ça ne va rien changer, il décide de l'imiter, il se jette par terre, les bras sur la tête, et ce n'est pas tant l'impact de la poutre qu'il ressent, ni même la peur, c'est tout le poids du monde qui s'abat sur ses épaules, à mesure que de la pisse lui coule le long de la jambe et que du sang lui couvre les tempes, c'est la crasse qui se compacte dans ses poumons, comme un jardinier qui tasse la terre autour d'un arbre fraîchement planté. C'est tout ce poids, du temps, de l'histoire, qui lui pèse sur le dos. Sur l'échine. Qui force la vie à le quitter.

Brian avait laissé ce silence s'installer pendant ce qui lui avait semblé être des années, bien qu'il n'ait sans doute duré que deux ou trois minutes. Les autres types s'étaient mis à regarder leurs pieds, et les universitaires ne le fixaient même pas lui, ils auraient été trop intimidés, ils fixaient plutôt le silence, comme s'ils savaient que quelque chose allait en émerger à condition d'être assez patients. Brian a alors pris une grande inspiration ; il a entendu un bruit à l'intérieur, comme un vieux sac en papier qu'on froisse.

« De toute façon vous la connaissez déjà, l'histoire, tout le monde ici la connaît. »

Brian a attendu que l'un d'eux lui réponde, ou que quelqu'un cherche à l'interrompre, mais non. Il a repris une inspiration, qui a de nouveau froissé le vieux sac dans sa poitrine.

« Il y a eu une explosion, sans doute à cause d'un des ventilateurs qui devait être défectueux ou je sais pas quoi, et puis le méthane s'est accumulé, et tout a explosé, voilà, le toit s'est effondré sur eux alors qu'ils travaillaient sur le front de taille. Ils se sont complètement fait écraser. Je crois même qu'y en a deux ou trois qu'ils ont jamais retrouvés. Ils sont toujours là-dessous. »

De nouveau le silence, sans que personne ne cherche à le combler. Brian fixait ses chaussures. C'est le plus jeune des universitaires qui a pris la parole.

« Intéressant, n'est-ce pas, de voir comme certaines choses sont gardées en mémoire par une ville, quand d'autres sont oubliées.

— Comment ça oubliées ? a demandé Brian d'un ton sec.

— Peut-être pas oubliées, mais certaines catastrophes, dont Aberfan est un bon exemple, je pense, viennent se fondre dans la mémoire collective d'un lieu ; cet accident en particulier, j'en ai entendu parler par mes lectures, sans avoir l'impression qu'il soit si présent que ça à l'esprit des gens. »

De nouveau du silence ; Brian qui fixe encore plus intensément ses chaussures. Lorsqu'il a repris la parole, sa voix était plus calme, presque rauque.

« Aberfan, c'étaient que des enfants, juste des enfants… »

Il s'est alors redressé sur sa chaise.

« Les gens le savent très bien, c'est juste qu'ils veulent pas s'en souvenir, c'est ça la différence. »

L'universitaire plus âgé a commencé à parler, mais Brian l'a interrompu.

« Nan vraiment, à quoi ça sert, tout ça ? Vous attendez quoi de nous exactement ? Vous voulez savoir pourquoi les gens passent pas leurs journées à parler de l'explosion ? La réponse c'est pourquoi ils le feraient, ils ont une vie en fait, pas vrai ? Ils ont pas forcément envie de se dire qu'ils sont littéralement en train de marcher sur des cadavres de gens morts écrasés sous leurs pieds. Comment on pourrait continuer à aller faire nos courses si on avait ça en tête chaque jour ? Faut bien que les gens continuent à vivre, ça sert à rien de vouloir déterrer ce genre de trucs, vous croyez pas ? »

L'universitaire plus âgé avait levé les mains, paumes tournées vers Brian ; il parlait d'une voix lente et calme.

« Vous avez tout à fait raison, toute cette colère, cette souffrance, vous avez tout à fait raison, j'entends ce que vous dites. Nous espérions qu'en trouvant de nouvelles façons de penser le passé, si nous y parvenions par la poésie, ou en replaçant la mémoire en contexte, si nous trouvions un nouveau langage pour évoquer ces souvenirs, alors nous pourrions peut-être trouver de nouvelles façons d'aller de l'avant, d'imaginer différents futurs. »

Brian l'a alors regardé, tout en réfléchissant à ce qu'il venait d'entendre.

« J'ai pas besoin de nouvelles façons de parler de ce qui s'est passé, j'ai juste pas envie d'en parler tout court. Et puis on était des gamins à l'époque, je m'en souviens pratiquement pas.

— Qui ça, "on" ? a demandé le jeune universitaire.

— Moi et Alex, on était gamins quand ça s'est passé. Vous voulez savoir ce dont je me souviens ? C'étaient les années 70, j'étais ado.

— Et malgré ça, a répondu le jeune, malgré votre connaissance de cette catastrophe, vous avez quand même décidé de venir travailler là. Ça me fait penser à un poète que j'aime vraiment bien, Thom Gunn, qui a beaucoup écrit sur la mort ; dans un poème il dit "Je suis surpris d'être attiré par ma propre annihilation…" »

Il a regardé autour de lui, conscient qu'il était en train de perdre la salle, jusqu'à croiser le regard de l'universitaire plus âgé, qui s'est contenté de hausser les épaules, alors il a continué :

« C'est juste que la similarité m'a frappé, dans le fait d'être attiré par quelque chose qui peut vous tuer.

— Qu'est-ce qu'y avait d'autre de toute façon ? a demandé Brian. À vous écouter on dirait qu'on avait le choix, qu'on hésitait à aller à la fac, ou même à déménager... Moi je me souviens juste de ma mère en train d'attendre le bus pour rentrer du club, ce club-là, où vous êtes assis en ce moment même, et où la police et les gérants discutaient pour savoir qui était encore à l'intérieur, qui ils y avaient trouvé. Je me souviens que je voulais y aller, mais ma mère disait que je devais rester avec Alex pour m'assurer qu'il allait bien. Il devait être minuit quand elle est rentrée, nous on était déjà au lit, et comme je voulais pas qu'elle nous dise quoi que ce soit, j'ai chuchoté à Alex qu'on avait qu'à faire semblant de dormir, comme on partageait la chambre du fond, et quand elle est entrée, elle est allée directement se coucher, et moi j'ai passé la nuit à m'imaginer que j'étais dans un cercueil, dans une tombe, enfoui sous des tonnes et des tonnes de gravats, incapable de bouger, prêt à me faire déterrer dans des milliers d'années comme les momies égyptiennes dont on parlait à l'école. Appartenir au passé. J'ai le cœur qui se serre rien qu'à y penser, mais j'ai peur d'oublier et que tout revienne s'immiscer en moi jusqu'à ce que j'en étouffe. Je sais bien que c'est pas sain tout ça, que c'est comme si j'étais piégé, mais qu'est-ce que je peux y faire ? J'ai toujours ce poids en moi. Et je sais qu'Alex ressent la même chose. Il a toujours dit que c'est pour cette raison qu'il voulait travailler là, qu'il voulait cette mine spécifiquement, il disait qu'il se sentait plus proche de lui comme ça, que ça lui donnait l'impression qu'il était pas vraiment parti. Il a toujours été du genre sentimental. Faut bien continuer à vivre… faut bien continuer à vivre, pas vrai, aller au foot, au boulot, passer faire les courses. Enterrer ses morts. Avancer. »

Les autres participants étaient en train de le regarder désormais.

« Votre père était…, a commencé l'universitaire plus âgé, avant de s'interrompre. Comment s'appelait-il ?

— Brian », a répondu Brian.

Plus par ennui que par nécessité, Ryan était en train de finir sa routine, à savoir se débarrasser des hommes qui traînaient dans les toilettes. Il avait attendu à la sortie, était entré pour évacuer les lieux, et patientait désormais contre le mur en face, une semelle posée contre le carrelage blanc, occupé à faire défiler l'écran de son téléphone pour prétendre être concentré sur une activité, tout en gardant un œil sur les entrées et sorties.

Un homme a poussé la porte en courant ; il tenait un bébé dans les bras comme si c'était une bombe, puis quelques minutes plus tard, une femme est venue attendre à côté de Ryan que l'homme ré-émerge en portant le bébé d'une façon beaucoup plus calme, avant de le poser dans sa poussette et de repartir avec elle. Ryan a encore attendu quelques minutes qu'un autre homme, la trentaine environ, s'empresse de sortir en s'essuyant les mains sur le pantalon, la tête baissée. Est ensuite sorti un homme plus âgé d'environ soixante ans, en costume mal ajusté, tenant une mallette qui semblait être en cuir mais ne l'était sans doute pas, tellement démodée qu'elle avait encore des molettes à chiffres sur le dessus pour pouvoir la verrouiller. Ryan a encore attendu une trentaine de secondes puis, considérant qu'il n'y avait plus personne, il s'est dirigé vers les toilettes pour une dernière vérification. Alors qu'il était presque à la porte, une silhouette empressée lui a foncé droit dedans.

Ryan, hagard, a alors reculé, après quoi l'homme pressé l'a regardé un bref instant, rouge de honte, avant de s'en aller en trottinant à moitié, ses lourdes bottes noires résonnant sur le sol poli. Ryan s'est retourné pour le voir partir, puis est lentement sorti, une faible trace de main humide disparaissant peu à peu de sa veste, à l'endroit où l'homme s'était appuyé pour se rattraper. Malgré le va-et-vient précipité de tous ces corps, Ryan savait qu'il s'agissait d'Alex. La main d'Alex sur son torse. Alex qui regarde Ryan droit dans les yeux. Un regard aux yeux écarquillés de peur, comme si Ryan était un mur qui se dirigeait irrémédiablement vers lui.

Appelez ça comme vous voulez. Une explosion. Un glissement de terrain. L'effondrement d'un toit. Un accident. Un incident. Un désastre. Une tragédie. Vous pouvez parler des enquêteurs, des sauveteurs, des veuves. De la famille, de la rue, de la communauté.

Simon Smith, 42 ans
Norman Drury, 55 ans
Pat Williamson, 19 ans
Kenneth « Skip » Baker, 45 ans
Brian Banks, 51 ans

Il y a des matins où personne ne sort.
Quand l'aube est un long couloir vide.
Tout le monde garde sa porte fermée.

Le lendemain, une fois rentré chez lui et assis sur son canapé, voici ce dont Alex se souvient. Au début, rien, il a l'impression de se tenir dans un long tunnel d'obscurité. Puis la même obscurité, mais fissurée de rayons de lumière, comme dans son enfance quand il jouait dans le pigeonnier de son père. Ensuite le bras de Brian posé sur son épaule, suivi du magazine sur lequel ils s'étaient branlés après l'avoir rapporté en cachette de l'école. Il sent sa respiration revenir à la normale alors qu'il garde les yeux fermés, puis c'est bientôt l'odeur qui l'enveloppe, l'effluve de chlore qui émane des toilettes, et ce qu'ils dissimulent. Il se voit lui-même, hors de lui, en train d'avancer le long des urinoirs, les cabines de toilettes à sa gauche, nerveux comme s'il avançait dans le tunnel d'Oakwell pour le premier match de la saison.

Dans la panique il ne sait plus quelle cabine il a choisie, si c'est l'avant-dernière ou la dernière, mais dans ses souvenirs il opte pour la dernière, y entre, puis ferme le verrou.

À présent, il voit s'élever les graffitis ainsi que les messages gravés sur la porte et les murs en contreplaqué s'élever comme de la fumée. Une insulte, un numéro de téléphone, le logo mal dessiné d'une équipe de foot de passage. Il n'entend plus que son propre souffle, sans vraiment savoir s'il s'agit de son souffle dans la vraie vie, assis sur le canapé, ou de celui qu'il sent en attendant sur la lunette rabattue des toilettes, le pantalon baissé aux chevilles pour avoir l'air plus naturel. Parfois, quand il est assis de la sorte, il est saisi d'une réaction presque biologique qui l'oblige à s'en aller, alors il tire la chasse, sort se laver les mains, puis revient dans la cabine. Sauf que cette fois il se contente de s'asseoir, conscient de son souffle, enfin pas vraiment son souffle, qui entre et sort par petites bouffées. Puis la main vient s'immiscer dans sa vision. Elle s'introduit par l'espace entre la cloison et le sol. Amputée, comme les marionnettes de ses pires cauchemars ; puis il se voit lui-même avancer le pied vers la paume ouverte, tout doucement, comme c'est parfois le cas dans les rêves, quand on a l'impression de progresser à l'aveugle dans le brouillard. Le pied qui tapote la paume ouverte, une fois, puis deux, signal d'un oui silencieux, puis il se voit tomber à genoux, face au corps qui se tient de l'autre côté du mur. Il enlève son jeans, tout en cherchant une position qui ne lui fasse pas mal au dos et qui permette à la main de venir le prendre en son creux, puis de le saisir, de façon un peu brusque mais pas déplaisante, avant de se mettre à le caresser doucement. Ce souffle qui revient, plus lourd à présent, sans savoir s'il s'agit du sien dans le passé ou du sien dans le présent, puis le toussotement délibéré pour donner l'alerte, le bruit de pas sur le carrelage. Cette impression, quand il était sorti en trombe du centre commercial pour rejoindre la rue, s'efforçant de ne pas regarder en arrière pour voir si le regard de Ryan continuait de peser sur lui, cette impression d'avoir les yeux brûlés par une lumière du jour trop forte, trop chaude, comme s'il était nu, offert aux yeux de tous.

Et puis toutes ces nuits où il rentrait tard après avoir travaillé au bar, quand il s'efforçait de monter les escaliers sans faire de bruit pour ne pas réveiller Simon, ni la mère de Simon, et où il s'endormait en général sur le canapé, puis se faisait réveiller le matin par les portes qui claquaient et par Simon qui chuchotait « mais pourquoi il est pas monté dormir ? », avant de sentir sa propre odeur et d'avoir instantanément envie de vomir. Ce qu'il voit, et ce qu'il pense qu'il verra encore chaque nuit pour le restant de ses jours, c'est son visage le soir où il lui a dit, ou plutôt non, le soir où elle l'a surpris, après des années à savoir sans rien dire, et où elle lui a annoncé qu'elle ne pouvait pas rester, qu'elle ne savait pas ce qu'il pourrait bien dire à Simon, « Dis-lui que j'ai trouvé un job, ou que j'ai fui avec quelqu'un, ne lui dis pas *ça*, il ne comprendrait pas, c'est juste que, voilà, je ne peux pas rester ici. » Cette soirée où elle lui a dit « prends soin de lui », comme si elle venait de lui confier un oisillon.

Il revoit cette nuit-là, environ un an après l'événement, au Chicago Rock Café, lors de l'une des soirées gays du mardi, après un match à Oakwell, où lui, Brian et d'autres mecs de la bande s'étaient rendus parce que c'était le seul endroit encore ouvert. Il se souvient que leur comportement était insupportable ; ils fixaient les gens, les pointaient du doigt, se moquaient d'eux, si bien qu'à un moment, quand Alex est parti aux toilettes, autant par embarras que par nécessité, ils se sont fait mettre dehors, trop ivres pour remarquer qu'il en manquait un. Alex est resté au bar à boire une pinte, et il revoit très clairement la scène à présent, cet homme plus âgé, la cinquantaine environ, qui vient s'asseoir à côté de lui pour boire son verre en silence, qui lui pose alors une main sur la cuisse, puis Alex qui sursaute d'abord, avant de rapprocher la jambe pour que l'homme y repose la main. Il revoit encore le soulagement dans les yeux de cet homme, puis la peur au moment où Alex se lève, s'approche de lui en souriant, puis lui dit « Bon, on y va alors, t'habites dans le coin ? ». En fermant les yeux, Alex visualise encore le grand dos pâle de l'homme sous lui, son tatouage de boussole délavé à l'épaule, sa façon de trembler, comme si l'appartement était trop froid, le fait qu'il ne lui ait même pas demandé son nom.

Simon avait lu quelque part que l'anxiété et l'enthousiasme n'étaient en réalité séparés que par un fil émotionnel très ténu, à tel point qu'ils étaient difficiles à distinguer. Son numéro de Maggie était le prochain, il allait de nouveau devenir Puttana Short Dress, Margaret Thatcher elle-même. Se produire ailleurs, dans l'obscurité d'une autre ville, lui semblait plus sûr, comme s'il se sentait moins exposé. Ici, il connaîtrait tout le monde, les habitués du club, Oncle Brian, son père aussi lui avait dit qu'il viendrait, Ryan, et peut-être même deux ou trois employées du centre d'appels qui avaient manifesté un bref intérêt quand il en avait parlé. Une petite partie de lui espérait encore que sa mère vienne, même après vingt ans, mais il savait que ça n'arriverait pas. Et si elle venait, alors jamais son père ne se pointerait. Au bout de deux décennies, quoi qu'elle ait fait, il n'arrivait toujours pas à la regarder en face.

Il préférait les salles remplies d'inconnus. Quand on connaît les gens c'est toujours plus difficile, se disait Simon, parce qu'ils voient tout de suite ce qui n'est pas authentique dans le numéro. Quand Trip lui avait demandé pour la première fois, il y a plusieurs mois, s'il avait envie de faire quelque chose dans son bar, l'idée même lui avait semblé incongrue. Trip réfléchissait à de nouvelles sources de revenus, disait-il, mais aussi à attirer un public plus jeune, d'autant que de nombreux bars commençaient à proposer des spectacles de drag, pas que pour les soirées gays d'ailleurs, ça avait l'air de bien fonctionner pour eux, ces lieux avaient jamais eu de souci pour l'instant, donc Trip avait envie de tenter le coup. Simon avait déjà descendu plusieurs verres de gin avec son père à ce moment-là, donc il avait simplement dit oui, et Trip avait été assez malin pour partir avant qu'Alex ne puisse soulever la moindre objection. Et puis au fil des semaines d'entraînement, il avait compris qu'il voulait proposer quelque chose d'un peu différent, quelque chose qui montrerait aux gens que le drag avait des choses à dire, que c'était davantage qu'un simple divertissement pour ivrognes avachis dans l'obscurité d'une ville où Simon n'habitait même pas.

Et voilà que le grand jour était arrivé et que Ryan allait venir, ce qui ajoutait un niveau de stress supplémentaire, surtout qu'ils n'avaient jamais vraiment résolu leur dispute du dimanche précédent à Sheffield, qu'il s'était juste retrouvé à accepter la situation en quelque sorte, à simplement constater leur désaccord.

Ryan lui avait confirmé qu'il apporterait la caméra et le trépied pour filmer le spectacle. Simon se disait que s'il arrivait à en faire un montage qui ait l'air un peu professionnel et à diffuser la vidéo sur Youtube et les réseaux sociaux, alors il parviendrait peut-être à signer pour se produire à Londres, voire même passer à la télé. Lorsqu'il en avait parlé à Ryan, celui-ci lui avait demandé pourquoi il voudrait mettre en ligne un truc qu'il faisait pas vraiment, alors Simon lui avait demandé ce qu'il voulait dire par là, et Ryan lui avait répondu que ce qu'il l'avait vu faire à Sheffield la semaine précédente, c'était ça son spectacle en fait, c'était comme ça qu'il se faisait de l'argent, alors que là c'était pas vraiment ce qu'il faisait, c'était plutôt quelque chose de ponctuel, ce à quoi Simon avait répondu le truc de Sheffield c'est pas ce que j'ai envie de faire, contrairement à ce truc, alors Ryan avait juste fait une espèce de grimace, Simon lui avait demandé qu'est-ce qui se passe, Ryan avait répondu rien, mais que c'était peut-être un peu cliché son truc, pas vrai, genre un gars de Barnsley qui imite Thatcher, les mineurs, tout ça, c'est exactement ce à quoi on s'attendrait venant d'un type comme toi, tu crois pas ? Simon n'avait pas vraiment su quoi répondre, mais il avait quand même suggéré que c'était peut-être pas si évident que ça, sinon pourquoi aucune des autres drag queens de la ville n'y avait pensé avant ? Et de toute façon, ça voulait au moins dire qu'il pourrait passer à la télé, qu'il aurait une chance d'être vu. Ou que Trip l'intégrerait à sa programmation de façon plus ou moins régulière, en alternance avec la soirée steak ou la soirée curry, ou peut-être même, a ajouté Simon d'un ton plus hautain que prévu, peut-être même qu'il y aurait une personne qui n'avait jamais vu de drag avant, qui s'était jamais dit que ça pourrait lui parler et lui faire repenser sa vie, peut-être qu'il y aurait une seule personne qui, en voyant son numéro, se mettrait à penser certains trucs différemment. Ryan, qui ne cherchait même pas à dissimuler son rictus, lui avait demandé ce qu'il entendait par « différemment », ce à quoi Simon lui avait répondu, tu vois quoi, différemment, c'est tout.

Notes de terrain : partir

Alors que nous quittons la ville pour nous rendre à la gare, le trajet en voiture nous offre un temps de réflexion. Nous sommes tous épuisés après le travail fourni cette semaine, aussi bien émotionnellement que physiquement, mais nous sentons que nos efforts ont porté leurs fruits. Un membre de notre équipe rappelle combien il est important de faire le point tous ensemble, afin que nos souvenirs individuels soient élevés en une histoire collective des différentes sessions. Il souligne qu'autrement, nous risquerions de fragmenter les leçons tirées et d'ainsi perdre de vue le récit plus global. Le trajet nous fait passer par quelques villages périphériques, avant d'emprunter une série de ronds-points qui bifurquent vers des zones industrielles encore en construction.

Un autre membre explique que s'il était arrivé sans connaître l'histoire du lieu et de ses anciennes industries, il n'aurait jamais réalisé qu'il y avait un jour eu des mines de charbon ici. Certes, on distinguait parfois une colline à l'aspect étrange, une ondulation incongrue du sol, parfois des rues en terrasses qui semblaient avoir été construites dans un but précis, ou même de petits cottages rectangulaires réservés aux ouvriers retraités qui indiquaient bien quelque chose, mais le reste a été effacé. Caché. Enterré.

Nous passons devant plusieurs paniers suspendus, sur lesquels est à chaque fois inscrit le nom d'un commerce local. Nous passons devant le nom d'un village que des bénévoles ont écrit en noir sur des briques en grès. Nous sommes convaincus que l'histoire qu'un lieu raconte sur lui-même devrait avoir plus d'importance que l'histoire qu'on raconte sur lui. Le poids de cette dernière dans les récits nationaux réduit la première au silence. Un membre de l'équipe assis à l'arrière de la voiture demande alors de quoi nous parlons en évoquant cette « histoire que la ville raconte sur elle-même ». Ne devrait-on pas considérer que toute tentative d'unification ou de délimitation de ce genre de récits est également une forme d'intrusion ? Quiconque cherche à extraire des morceaux d'histoire dans ce grand mur de sons, de bruits, de voix et de souvenirs le fait toujours de façon sélective, de sorte qu'un fragment isolé pris dans un ensemble plus important ne devrait jamais être considéré comme représentatif de l'ensemble lui-même. Le silence s'installe dans la voiture ; nous semblons tous être d'accord.

Nous postulons donc que l'histoire est composée à la fois de ce qui est gardé en mémoire et de ce qui est oublié. C'est la mention de la ville dans le *Livre du Jugement Dernier* du onzième siècle, mais ce sont également les centaines de personnes qui ont péri à la suite des explosions de Hoyle Mill et de Lundhill dans les années 1800. C'est le mouvement de foule dans une salle des fêtes où des enfants meurent étouffés, mais c'est aussi l'explosion et le ministre qui se rend sur place pour dire que « cet événement rappelle aux gens, comme à moi-même, le lourd tribut à payer en vies humaines pour continuer d'utiliser le charbon dans ce pays ». C'est Wombwell Main, Houghton Main, Newmillerdam, Grimethorpe, Darfield Main et Cortonwood. Ce sont également les officiers de police qui retirent leur matricule pour pouvoir librement bastonner les grévistes d'Orgreave, avant de nier les faits. Mais ce sont aussi des dizaines de milliers de personnes qui cherchent juste à vivre.

Selon nous, et contrairement à la croyance populaire, ce n'est pas tant que l'histoire se répète, mais plutôt qu'elle vient se briser sur elle-même, sans relâche.

Simon lève le bras droit en l'air, le tend de côté, comme s'il voulait indiquer quelque chose. Puis il lève le bras gauche en l'air, le tend de côté, comme s'il voulait indiquer quelque chose. Il a levé les deux bras en l'air, les a tendus de côté, comme s'il voulait indiquer quelque chose. Comme s'il venait d'ouvrir grand une porte. Des applaudissements comme un grondement, un trouble, qui déferle vers lui, puis en lui, puis par-delà lui.

Surveillance : caméras

Trip finissait de ranger l'arrière-salle. La visite inattendue d'une chaîne locale avait créé une certaine agitation ; le journaliste était arrivé trop tard pour voir le spectacle, mais il était resté discuter avec Simon à la fin, avant que Trip ne finisse par le mettre dehors. Tout semblait s'être plutôt bien passé, Simon avait pris du plaisir, et il y avait clairement eu plus de gens que d'habitude. Des gens différents aussi. Plus jeunes. En allant éteindre l'ordinateur, il a vu que les caméras de sécurité affichaient une notification. Certaines étaient programmées pour déclencher une alarme à chaque fois que quelqu'un s'approchait à une certaine distance, ce qui permettait de visionner les enregistrements en accéléré pour vérifier si quoi que ce soit avait été endommagé, ou s'il s'agissait simplement de gamins qui jouaient dehors. Il a fait défiler la vidéo ; il faisait sombre, aussi distinguait-on les contours à peine visibles d'une silhouette à l'écran, qui s'approchait de la porte avant de s'arrêter, de regarder derrière son épaule, puis de nouveau vers la route, où des phares éclairaient brièvement le coin de l'image avant de disparaître, comme le flash d'un appareil photo. On voyait ensuite la silhouette s'approcher une nouvelle fois de la porte, puis s'arrêter. Trip a alors reconnu les bottes noires, tandis qu'Alex reculait dans la lueur terne émise par l'une des fenêtres, de nouveau visible à la caméra. Il faisait les cent pas au bord de la pelouse, comme quelqu'un qui attend une mauvaise nouvelle. Comme un oiseau en cage.

Il s'est de nouveau dirigé vers le club, mais plutôt que de retenter la porte, il est allé vers la fenêtre, où la caméra a alors perdu sa trace. Pendant quelques minutes, Trip n'a plus vu que le trottoir, le bord de la pelouse, et l'ombre d'Alex projetée dessus à chaque fois que de la lumière jaillissait de l'intérieur du club. Puis Alex qui recule, de sorte à réapparaître à l'écran, et qui semble regarder la porte une nouvelle fois, avant de ressortir de l'image.

Ils sortent et pénètrent dans le long couloir de l'aube naissante ; Brian referme doucement la porte, afin de ne pas réveiller leur mère. Ils traversent la route, ouvrent le portail qui donne sur la ruelle entre les deux maisons, la descendent, sans plus s'étonner de l'odeur de thé de la veille qui flotte encore dans l'air comme du linge humide. Une fois de l'autre côté, Brian et Alex marchent le long de l'herbe devenue boue, jusqu'à ce qu'ils tournent à gauche pour entrer dans leur parcelle composée de tunnels et de tranchées rectangulaires. Les choux ravagés par les mouches, les trous creusés par les écureuils autour de la rhubarbe. Ils passent devant la chaise vide et l'abri délabré, puis se dirigent vers le pigeonnier. Il n'est pas fermé à clé. À l'intérieur, des taches grises et blanches se découpent sur la grisaille matinale. Alex reste en arrière, mais Brian entre directement, en saisit un, doux comme les cheveux d'un enfant, se positionne face à la parcelle, fait signe à Alex de se déplacer, ouvre ensuite doucement les mains pour le voir s'envoler. Il se retourne ensuite, ouvre la cage grillagée, cette porte dans la porte, puis se tient de côté. D'un seul coup ils se retrouvent à l'entrée, leurs plumes saturant l'espace comme de la fumée après une explosion. Puis ils s'évaporent ; dans l'air, au-dessus des cheminées, à travers champs. Ils les regardent un instant, admirant la façon dont leurs ailes s'élèvent comme une inspiration, avant d'expirer longuement en s'ouvrant de toute leur envergure, puis de disparaître tout à fait dans le ciel vide.

La télévision était allumée dans un coin de la pièce, sans qu'Alex y prête particulièrement attention. « Et enfin, a annoncé une voix, si la personnalité clivante qu'est l'ancienne Première ministre Margaret Thatcher ne s'est jamais rendue à Barnsley sous son mandat, même quand les tensions autour de l'avenir de ses industries avaient atteint leur paroxysme, elle était bel et bien là hier soir, dans le cadre d'un numéro de drag queen joué par un habitant de la ville, Simon Banks. »

Alex a lâché son téléphone sur ses cuisses pour regarder l'écran. Simon se tenait devant le club, face à un jeune journaliste visiblement enthousiaste qui lui tendait un micro. « J'avais envie de proposer quelque chose d'un peu différent. Ce que je veux dire, c'est qu'elle est bien venue une fois, mais seulement parce qu'elle cherchait à récupérer nos votes, avant de devenir Première ministre, et encore elle est juste allée à Penistone, donc ça compte pas. »

Alex, assis dans son fauteuil, ainsi que le journaliste sourient tous deux à cette blague ; Simon ajoute qu'il voulait divertir les gens, peut-être même les rendre fiers. C'est ce dernier mot qui a touché Alex. Il savait qu'il aurait dû aller le voir, ou au moins entrer dans le club, afin de glaner davantage que les maigres fragments qu'il avait obtenus en regardant par la fenêtre. Il n'arrivait pas à savoir si c'était pire d'y être allé sans être vu, ou de ne pas y être allé du tout. Il avait été jusqu'à poser la main sur la porte, mais il s'était senti incapable de la pousser ; il n'arrêtait pas de s'imaginer Ryan en train d'attendre de l'autre côté. Il se serait senti trop visible. Le père de Simon. Le père de Puttana-en-Thatcher.

Simon était encore à la télévision, il continuait de faire rire le journaliste tout en effectuant de grands gestes par-dessus son épaule en direction du club ; il portait toujours sa perruque, mais s'était rapidement démaquillé quand même. C'était trop à supporter, la ressemblance entre Simon et le père d'Alex, la façon dont sa perruque donnait l'impression qu'Elle continuait de le hanter, même après le spectacle. Alex a changé de chaîne ; il est arrivé à la fin d'un jeu télévisé, où quelqu'un qui pleurait de joie était en train d'embrasser le présentateur en répétant en boucle que ce genre de choses n'arrivaient jamais, en tout cas pas à quelqu'un comme lui.

Alex savait bien qu'il aurait dû y aller. Brian lui avait envoyé un message. Trip lui avait écrit le matin en lui disant qu'il l'avait vu sur les caméras, et lui avait demandé pourquoi est-ce qu'il était pas entré. Il lui avait dit d'avoir un peu de courage. De sortir de sa zone de confort. En revanche, Simon n'avait rien envoyé, ce qu'Alex a trouvé encore pire. C'est Ryan qui a fini par le contacter.

Salut, c'est Ryan, avait-il écrit, conscient que son contact n'était pas enregistré sur le portable d'Alex, *je crois que Simon aimerait bien que tu lui donnes des nouvelles. Laisse-lui juste quelques jours si ça te va. Bref, sinon j'ai pas fini de monter les vidéos du spectacle, mais je me suis dit que t'aurais peut-être envie de les voir.*

Alex a commencé à taper une réponse, avant de s'arrêter puis de poser son téléphone. Quand il l'a repris, il avait reçu un autre message de Ryan. *Et c'était rien de grave, Alex, je dirai rien à Simon. Si tu veux parler, je suis là.*

Une pause, puis les points de suspension indiquant que Ryan était toujours en train d'écrire. *Je crois que tu devrais aller parler à quelqu'un.*

Alex n'a rien répondu ; il a plutôt appuyé sur le petit carré représentant Simon que Ryan venait de lui envoyer. La vidéo s'est instantanément agrandie, jusqu'à remplir tout l'écran.

Ryan avait filmé du fond de la salle, ce qui donnait l'impression que Simon était tout petit, en plus d'être partiellement caché par une série de têtes. Alex était soulagé que le public paraisse plus nombreux qu'il ne lui avait semblé par la fenêtre ; il espérait qu'ainsi son absence se soit moins fait sentir. La musique, qui sortait du téléphone de Simon, passait par les haut-parleurs, la caméra de Ryan puis le téléphone d'Alex, restait identifiable malgré les grésillements. La vidéo de Ryan contenait les toutes dernières minutes du numéro ; on voyait Simon tourner sur lui-même, arracher un blazer pour révéler son torse nu bardé d'inscriptions, les gens qui l'acclamaient, Ryan qui suivait ses déplacements de l'autre côté de la scène, de nouveau des cris d'encouragement, des applaudissements, quelques flashs de photos prises par le téléphone de certains dans le public.

Ryan zoome, ce qui rend l'image plus floue, mais il distingue toujours Simon, dont la sueur lui coule jusque dans les yeux. À un moment, il porte la main au visage comme pour l'essuyer, mais il ne le fait pas, il laisse ces petites rivières s'accumuler doucement dans les plis de son sourire.

Puis soudainement, cette chanson qu'Alex a reconnue au moment où elle est sortie par les haut-parleurs : *we are women, we are strong*. Les gens du public se mettent à taper leurs verres contre la table et à pousser des cris d'encouragement, tout en secouant la tête en rythme.

Simon était de nouveau passé de l'autre côté de la scène, sans que Ryan parvienne à tout de suite filmer ce changement, ce qui fait que pendant plusieurs minutes, tout ce qu'Alex perçoit de la vidéo est le son légèrement dissonant du public en train de chanter, la respiration de Ryan, l'ombre projetée par le bras de Simon sur l'un des murs du club, une paume, un poing, puis un doigt levé. L'instant d'après, Simon était de retour dans la lumière, de sorte que tout son profil, sa perruque, son visage, étaient projetés contre le mur. Comme un fantôme, s'est dit Alex.

Ryan, qui était parvenu à récupérer Simon au centre de la scène, a de nouveau zoomé sur lui en tenant le téléphone au-dessus de la tête des gens ; Alex a remarqué que l'image tremblait légèrement, tandis que Ryan levait l'appareil en se mettant sur la pointe des pieds pour bien cadrer Simon. La sueur apparaissait encore plus clairement à présent, les yeux de Simon en étaient couverts alors qu'il se courbait pour saluer le public et lui dire au revoir d'un geste de la main, tout en prenant un air exagérément triste. Il a ensuite effectué un tour complet sur lui-même, a levé les deux bras en l'air et fait une révérence théâtrale, avant de sortir en direction des toilettes pour hommes. La caméra est restée fixée sur la scène vide pendant un moment, de sorte à porter l'attention sur le bruit des chaises qu'on recule, les discussions qui reprennent, les rires qui s'élèvent.

Alex est resté assis un instant, le téléphone encore en main ; il regrettait de ne pas être venu, conscient que Simon allait penser qu'il l'embarrassait et qu'il avait honte de lui. C'était vraiment dommage, Alex le savait bien. Il y avait quelque chose dans le visage de Simon, quelque chose que Ryan avait remarqué en zoomant : même quand il s'efforçait d'avoir l'air sévère ou énervé, de rester dans son personnage, sa bouche ne cessait de se plisser en un sourire et son visage s'illuminait, comme si le regard du public le faisait rayonner. C'était ce même quelque chose qu'Alex avait déjà repéré quand Simon était enfant, avant que l'adolescence ne vienne l'éteindre ; une liberté, une légèreté, quelqu'un qui est complètement lui-même.

Il a fermé la vidéo pour retourner aux messages ; il a écrit *merci* et l'a envoyé à Ryan. Il est revenu aux informations, mais trop tard ; il a juste entendu le journaliste récapituler les gros titres, « … de nouvelles restrictions budgétaires », ce qui l'a décidé à éteindre la télé.

Quand son téléphone a vibré quelques minutes plus tard, Alex s'attendait à ce que ce soit Ryan, mais il s'agissait de quelqu'un d'autre : onze chiffres qui ne correspondaient à aucun contact enregistré. *Ça te dit qu'on se voie ce soir ?* proposait le message. Alex a regardé derrière lui, par habitude, comme pour s'assurer que personne ne lisait par-dessus son épaule. Il n'y avait que la fenêtre donnant sur une rue vide.

Alex a commencé à rédiger une réponse, avant de s'arrêter puis de poser le téléphone retourné sur le canapé. Il a de nouveau regardé derrière lui. Il s'est relevé, et ses genoux ont alors craqué comme la languette d'une canette de soda ; il respirait fort. Il a parcouru la pièce du regard. Il considérait que, dans une vieille maison, il restait toujours quelque chose à faire, comme Sisyphe et son rocher, affirmait sa mère. Qu'il y avait forcément quelque chose qui avait glissé, qui était tombé ou qui s'était défait, du plâtre qui avait craquelé en séchant, différentes choses qui avaient légèrement bougé. Jour après jour, centimètre par centimètre, se disait Alex, le parquet sur lequel il se tenait, son vieux tapis, le sol lui-même, rien n'était plus à la même place que la veille.

Et pourtant, ça pourrait être pire.

Carrément, a-t-il répondu, *tu veux venir chez moi ?*

Ce qu'il faut faire à présent m'apparaît dans son mutisme.

Tu porteras le fardeau qui ne peut être porté.

Denise RILEY

REMERCIEMENTS

Je crois qu'un roman ressemble un peu à une ville : une entité unique qui existe grâce à de nombreux individus. Voici donc quelques-uns des habitants de *Pitié* que je tiens à remercier.

Chris Wellbelove a cru que je serais capable d'écrire ce texte avant même que je ne croie en moi, merci à lui et à Emily Fish d'avoir traité *Pitié* avec tant de soin, merci à Lisa Baker, Laura Otal et Anna Hall, qui ont permis à Barnsley de s'ouvrir au monde grâce aux contrats de traduction qu'elles ont négociés. Merci à Francis Bickmore d'avoir hébergé *Pitié* à Canongate Street, ainsi qu'à toute l'équipe, dont Melissa Tombere, Lucy Zhou, Anna Frame, Jenny Fry, Alan Nevens, Vicki Rutherford, Lorraine McCann et Jamie Byng ; merci pour leur patience, leurs conseils et leur capacité à comprendre ce que je cherchais véritablement à faire. Jon Gray a créé une image qui disait tout ce qu'il m'avait fallu des milliers de mots pour dire, et Rachel Quin lui a magnifiquement donné vie.

Si on creusait le tunnel des années, on finirait par remonter à la source originelle de mon projet, ainsi qu'à l'intérêt que je porte au mot « pitié » (« *pity* », en anglais), qui est né au moment où j'étudiais la pièce de John Ford *Tis Pity She's a Whore* (*Dommage qu'elle soit une putain*) à l'université de Barnsley. J'y ai été formé par la brillante Dr Deborah West, envers qui je serai éternellement reconnaissant. J'ai pu prendre le temps de vraiment me plonger dans l'écriture de ce roman grâce à un congé de recherche accordé par la Manchester Metropolitan University, que je remercie, tout comme mon collègue Joe Stretch pour ses excellents conseils de départ, ainsi que les équipes de recherche dont j'ai eu l'honneur de faire partie depuis tant d'années, aux côtés de Kate Pahl, Geoff Bright, Sarah McNicol et bien d'autres esprits brillants. Merci également à mes amis proches, devenus les premiers lecteurs de cette histoire, Okechukwu Nzelu et Seán Hewitt.

L'une des dernières choses que j'ai dû faire sur les épreuves de ce roman a été d'ajouter les dates sous le nom de celle à qui il est dédié, ma grand-mère maternelle Margaret Goldthorpe, décédée en février 2023 à l'âge de 94 ans. Je crois que les villes comme Barnsley et les romans comme celui-ci sont construits à partir des histoires et des vies comme la sienne. Elle me manque beaucoup.

Cet ouvrage a été achevé d'imprimer sur Roto-Page en mars 2025
par l'Imprimerie Floch à Mayenne
pour le compte des éditions Grasset
61, rue des Saints-Pères, 75006 Paris
info@grasset.fr

Mise en pages
PCA 44400 Rezé

PAPIER CERTIFIÉ

Grasset s'engage pour
l'environnement en réduisant
l'empreinte carbone de ses livres.
Celle de cet exemplaire est de :
550 g éq. CO_2
Rendez-vous sur
www.grasset-durable.fr

N° d'édition : 23527 – N° d'impression : 106238
Dépôt légal : avril 2025
Imprimé en France